Terri Blackstock

Wiedersehen am Meer

Erzählung

Terri Blackstock

Wiedersehen am Meer

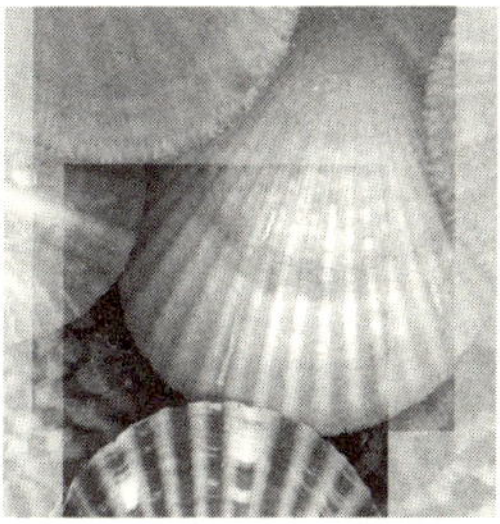

Erzählung

Schulte & Gerth

Die amerikanische Originalausgabe erschien im Verlag
Zondervan, Grand Rapids, Michigan,
unter dem Titel »Seaside«.

Aus dem Amerikanischen übersetzt von Eva Weyandt.

Best.-Nr. 815 825
ISBN 3-89437-825-5
1. Auflage 2003
Umschlaggestaltung: Michael Wenserit
Titelfoto: stone
Satz: Die Feder GmbH, Wetzlar
Druck und Verarbeitung: Ebner & Spiegel, Ulm
Printed in Germany

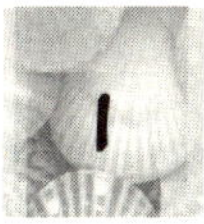

Maggie Downing mochte weder Ende noch Anfang. Sie hielt die Dinge lieber irgendwo in der Mitte, wo sie die Geschwindigkeit bestimmen konnte – sie mochte weder einen Blitzstart noch eine Vollbremsung. Die Geschwindigkeit war wichtig, das hatte sie ihren Töchtern immer wieder gesagt. Effektive Menschen kamen nicht vom Kurs ab und sie drosselten vor Hindernissen niemals die Geschwindigkeit.

Aber sie hatte sich geirrt.

Warum hatte sie 55 Jahre gebraucht, um das zu erkennen?

Sie saß auf der Veranda ihrer Wohnung und blickte hinaus auf die kaum sichtbaren, im Nebel liegenden Umrisse der Rocky Mountains. Viele Male hatte sie diese Berge fotografiert und die Fotos in einem Buch veröffentlicht, das großen Anklang gefunden hatte. Die Touristeninformation für ganz Colorado hatte eines ihrer Fotos samt Signatur für ihre Werbeplakate verwandt. Aber das war nur einer ihrer Erfolge. Sie hatte die Begabung, Schönheit in Geld zu verwandeln, wie eine Freundin neulich scherzhaft gesagt hatte. Nichts wurde vergeudet.

Der kühle Wind ließ sie frösteln. Sie zog ihren Pullover fester um sich. Sie sehnte sich nach Wärme, salziger Luft, dem Geräusch der Wellen, die sich am Sandstrand brachen. Um der Hitze und der Feuchtigkeit des Südens zu entgehen, war sie nach Colorado gezogen, aber sobald der März anbrach, hatte sie den Winter immer über.

Sie wusste, auch ihre Töchter waren müde, in dem Winkel der Welt, in dem sie sich gerade befanden. Aber ihre Erschöpfung hatte wenig mit der Kälte zu tun.

Sie glaubte, das Telefon läuten zu hören, darum sprang sie auf und ging hinein. Doch als sie das Telefon erreichte, blieb der Apparat stumm. Vermutlich hatte sie sich das nur eingebildet. Sarah und Corinne konnten ihre Nachricht noch nicht erhalten haben. Sie hatte auf einen nicht sehr verlässlichen Anrufbeantworter gesprochen und ein noch weniger verlässliches Enkelkind gebeten, seiner Mutter etwas auszurichten. Ihre Töchter würden sich hoffentlich bald bei ihr melden.

Die Tiffanylampe in dem kleinen Wohnzimmer warf einen warmen Schein auf den antiken Tisch, auf dem sie stand. Sie musste die Fotos und Erinnerungsstücke mitnehmen, die sie darauf ausgebreitet hatte. Sarah und Corinne konnten ihr helfen bei der Entscheidung, was damit geschehen sollte. Die beiden würden vielleicht gern die Fotos von damals sehen, von den kleinen Mädchen, die lachten, weinten, in die Kamera blickten, tanzten und im Laufe der Jahre immer größer wurden. Sie hatte alle Höhepunkte ihres Lebens im Foto festgehalten, alle Auszeichnungen, alle Erfolge ...

Die ganze Effektivität.

Sie wünschte sich, dass sie sich nur einmal Zeit für sie genommen hätte, mit ihnen an einem verlassenen Strand entlangmarschiert wäre, mit ihnen einen Segeltörn unternommen oder an einem verlassenen Pier geangelt hätte. Wenn sie ihre Kinder noch einmal großziehen könnte, würde sie nachts mit ihnen nach draußen gehen, sich mit ihnen auf einer Decke ins Gras legen und die Sterne betrachten. Sie würde sie lehren, die sanfte Brise in sich aufzunehmen, die ihr Gesicht liebkost, den Duft von Jasmin einzuatmen, einmal nur zum Vergnügen spazieren zu gehen und nicht, um sich fit zu halten.

Aber bis vor kurzem waren ihr solche Freuden seltsam unbekannt gewesen. Das Leben war für sie eine Reihe von Abenteuern gewesen, in dem ein Termin den nächsten ablöste. Sie war durch ihr Leben gehastet, hatte ihre Geschwindigkeit festgelegt und ihre Großtaten markiert, und sie hatte ihre Töchter gelehrt, es ebenso zu machen.

Sie nahm das Telefon ab und lauschte in den Hörer, um sicherzugehen, dass es funktionierte. Sie würden bestimmt bald zurückrufen. Jeden Augenblick konnte eine ihrer Töchter nach Hause kommen und sie zurückrufen.

Sie ging in die Küche. Die Muffins, die sie gestern für eine Freundin gebacken hatte, verströmten den Duft von Vanille und Zimt. Früher hatte sie nie viel gebacken, doch in den vergangenen Wochen hatte sie festgestellt, dass dies eines jener langsamen, einfachen Vergnügungen war, die sie in der Vergangenheit vernachlässigt hatte. Sie hatte vor, von nun an sehr viel öfter zu backen.

Sie ging zum Kaffeetopf, einem jener fast schon antiken Perkolatoren, und füllte ihn mit Kaffeepulver und Wasser. Dann stellte sie ihn auf den Herd, nahm die Gießkanne vom Fenstersims und begann, die Farne in den Hängekörben zu gießen.

Dabei ging sie gedanklich die Rede durch, die sie für Sarah und Corinne vorbereitet hatte. Sie musste überzeugend sein, durfte aber keinesfalls anmaßend klingen. Sie zu überreden, alles stehen und liegen zu lassen, um mit ihr eine Woche in Florida zu verbringen, würde nicht einfach sein. Sie hatte sie gut erzogen. Sarahs Mann und ihre zwei Kinder hatten sie nicht von den Lektionen befreien können, die Maggie ihr so sorgsam eingetrichtert hatte. Und Corinnes drei Firmen waren der Beweis dafür, dass die Familientradition fortgesetzt wurde.

Als der Kaffee fertig war, schenkte sie sich eine Tasse ein und ging zurück zu dem kleinen, mit kostbaren Antiquitäten und ausgesuchten Kunstgegenständen ausgestatteten Wohnzimmer, von denen sie viele auf ihren Reisen erstanden hatte. Ihre harte Arbeit hatte ihr jedes kostbare Stück ermöglicht, von dem polierten Sekretär an der Wand bis hin zu der Skulptur aus Acryl auf dem Sockel in der Ecke. Aber materielle Dinge hatten im Augenblick wenig Bedeutung für sie.

Sie wollte mit ihren Töchtern zusammen sein. Sie und ihre Töchter brauchten Zeit, um die Zäune zu flicken, Beziehungen zu heilen, Zeit für Erklärungen und Ermahnungen.

Sie nahm das Telefon und rief beim Flughafen an. Sie würde die Tickets kaufen und vielleicht konnte sie sie auf diese Weise zwingen. Sie war bereit zu tun, was immer nötig war, um ihre Kinder zu einer Zustimmung zu bewegen.

Vielleicht war es ja noch nicht zu spät, ihnen klar zu machen, dass vergeudete Zeit nicht immer auch eine Zeitvergeudung ist.

Corinne Downing stand an einer roten Ampel und hielt ihr Handy ans Ohr. Sie wurde zusehends ärgerlicher. Es sah ihrer Schwester ähnlich, sie so lange in die Warteschleife zu schicken, wo Sarah doch genau wusste, dass sie von ihrem Handy aus telefonierte. Das war die eigentliche Geschichte ihres Lebens. Corinne kann man ruhig warten lassen. Die Zeit vergeht, Minuten, Stunden, Jahre, während alle anderen ihr Leben fortsetzen.

Sarah meldete sich wieder. »Tut mir Leid. Das war eine Frau aus der Gemeinde wegen des großen Gebetstreffens in der nächsten Woche. Sie sollte das Fürbittegebet sprechen, kann aber nicht kommen. Jetzt muss ich eine andere finden. Also, wo waren wir stehen geblieben? Ach ja, Mom.«

»Ihr liegt viel daran, dass wir kommen, Sarah. Es geht um diese Autobiografie, die sie gerade schreibt. Sie möchte Fotos von uns zusammen verwenden – als ob ich wollte, dass mein Foto auf dem Cover von mehr als zehntausend Büchern prangt. Ich weiß nicht, was in sie gefahren ist. Es ist ihr so wichtig geworden, dass sie alles dafür tun wird.

Übrigens hat sie unsere Flüge schon gebucht. So viel zum Thema Vertrauen.«

»Sie hat was?«, fragte Sarah.

»Sie glaubt, wenn sie die Tickets bereits hat, müssen wir einfach kommen. Sie wird kein Nein als Antwort akzeptieren.«

»Also wirklich, wir sind doch erwachsen, Corinne«, entrüstete sich Sarah. »Sie wird ein Nein als Antwort akzeptieren müssen.«

»Aber dann ist da immer noch diese Sache mit dem: ›Du sollst Vater und Mutter ehren‹«, hielt Corinne dagegen. »Irgendwie habe ich das Gefühl, wir sollten ihr diesen Wunsch erfüllen.«

»Und was passiert, wenn nicht?«, fragte Sarah. »Wird sie dich zermalmen? Um Himmels willen, du bist 28 Jahre alt. Ich bin 33. Ich habe keine Zeit für so etwas.« Das Telefon piepte erneut und sie stöhnte. »Einen Augenblick, Corinne.«

Corinne war sich sicher, dass ihr Blutdruck während des Wartens anstieg. Als sie schließlich bei ihrem kleinen Doppelhaus mit den Termiten und der abblätternden Farbe ankam und in die Einfahrt einbog, hielt sie das Telefon noch immer an ihr Ohr. Sie stieg aus und betrachtete den Fleck auf ihrer Hose. Was war nur in sie gefahren, dass sie auch noch diese Sache mit dem Hundeausführen angefangen hatte? Sie hatte doch mit dem Entwerfen von Websites schon genug zu tun und ihr Schmuckgeschäft nahm dazu noch die meiste ihrer freien Zeit in Anspruch.

Und jetzt das. Ein übereifriger Cockerspaniel hatte sie heute angepinkelt. Sie hatte etwa zwei Stunden Zeit, bevor sie die Hunde erneut ausführen musste – kaum genügend Zeit, um hineinzugehen und an der Website weiterzumachen, mit der sie gestern begonnen hatte. Wenn sie sie heute nicht fertig bekam, würde sie diesen Kunden mit Sicherheit verlieren. Und dann würde sie in diesem Monat ihre Leasingrate für den Wagen nicht bezahlen können. Man würde ihn ihr wegnehmen und sie würde ihre Mutter um ein Darlehen bitten und eingestehen müssen, dass sie mit dem Geld, das sie verdiente, nicht zurechtkam ...

Und da war sie, hing an ihrem Handy – ein Ferngespräch – und wartete darauf, dass ihre Schwester sich wieder meldete. Sie ging ins Haus und knallte die Tür hinter sich zu, als ob Sarah es hören könnte.

Wie auf ein Stichwort meldete sich Sarah wieder. »Corinne, bist du noch dran?«

»Natürlich bin ich noch dran«, schnappte sie, »aber ich telefoniere vom Handy aus und diese Gespräche sind sehr teuer. Ich habe dich nicht angerufen, um dauernd in die Warteschleife geschickt zu werden. Du bist doch keine große Firma mit mehreren Anschlüssen.«

»Also bitte, entschuldige mal«, erwiderte Sarah. »Ich bin sehr beschäftigt und außer mir leben auch noch andere Leute in diesem Haus.«

»Sieh mal, vergiss einfach, dass ich angerufen habe«, schmollte Corinne. »Ich dachte nur, du würdest gern wissen wollen, dass Mom die Flugtickets bereits gekauft hat. Das wollte ich dir nur erzählen.«

»Prima«, sagte Sarah. »Danke für die Info.« Damit wurde die Verbindung unterbrochen.

Corinne schaltete ihr Handy aus und warf es auf die zerschlissene Couch, die sie von einer Freundin bekommen hatte. Das Telefon hüpfte einmal hoch und fiel dann zu Boden. Frustriert seufzte sie auf und schaltete ihren Computer ein. Während sie in den Papieren auf dem wackeligen Tisch herumwühlte, schwor sie sich, keinesfalls eine Woche gemeinsam mit ihrer Schwester zu verbringen, wo auch immer das sein würde. Und ihre Mutter wäre ohne sie auch besser dran, ob ihr das nun klar war oder nicht.

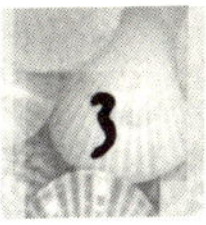

Sarah knallte den Hörer auf die Gabel. »Ich fasse es nicht! Sie ist genau wie meine Mutter!«

»Was hat sie denn getan? Dir eine Woche Hawaii angeboten?«

Der Sarkasmus ihres Mannes ärgerte sie. Sie wirbelte herum und sah zu, wie er seine Tennisschuhe auszog, die von dem frisch gemähten Gras ganz grün waren. »Sag mir, was ich tun soll, Jim! Soll ich etwa alles stehen und liegen lassen, einen Koffer packen und eine Woche ohne dich und die Kinder nach Florida entschwinden? Ist es das? Weil ich glaube, dass du nicht die geringste Ahnung hast, was ich hier tue, während du im Gerichtssaal den Anwalt spielst.«

Sie ging zum Medizinschrank und nahm eine Flasche Aspirin heraus.

»Sieh dich doch nur an«, sagte er, während er barfuß über den Teppich lief. »Ständig hast du Kopf- und vermutlich auch Magenschmerzen.«

»Ist das denn ein Wunder? Meine Mutter erwartet von mir, dass ich alles fallen lasse und für eine Woche nach Florida fliege, meine Schwester hat einen Komplex, der so riesig ist wie der Mount Saint Helen, und mein Mann besitzt die Frechheit, zu einem solchen Zeitpunkt sarkastische Bemerkungen von sich zu geben.« Sie nahm zwei Tabletten und schluckte sie hinunter. Als sie sich zu Jim umdrehte, versuchte sie, sich zu beruhigen. »Ich habe Pflichten, Jim. Nur zu gern würde ich eine Woche freinehmen, aber ich kann nicht.«

»Warum nicht?«, fragte er. »Wenn meine Eltern mir eine Woche Urlaub in Florida schenken würden, wäre ich sofort dabei. Die meisten Ehemänner hätten vermutlich ein Problem damit, aber ich gebe dir meinen Segen, weil ich denke, dass du dringend einen Urlaub nötig hast.«

»Jede Mutter braucht einen Urlaub«, erwiderte sie und ließ sich in den Schaukelstuhl sinken, in dem sie sonst nur selten saß. »Aber es ist nicht realistisch. Was für eine Mutter wäre ich denn, wenn ich das täte? Was für eine Ehefrau? Und was ist mit dem Gebetstreffen in der Gemeinde?«

»Und was für eine Tochter wärst du, wenn du deiner Mutter diesen Wunsch abschlagen würdest? Offensichtlich ist ihr das sehr wichtig.«

»Also habe ich wieder einmal den schwarzen Peter?« Sie hasste es, wenn er die Dinge so vereinfachte. Er hatte einfach keine Ahnung. »Wenn du die Stadt verlässt, dann packst du deinen Koffer, steigst ins Flugzeug und fliegst. Wenn ich wegfahre, muss ich für eine Woche vorkochen, zusehen, dass genug saubere Wäsche da ist, herauslegen, was Jenny und Chase jeden Tag zur Schule anziehen sollen, dafür sorgen, dass sie nachmittags bei Freunden unterkommen, Mitfahrgelegenheiten zu ihren diversen Aktivitäten organisieren und an tausend andere Dinge denken ...«

Während sie noch sprach, lachte er verärgert auf, schüttelte den Kopf und ging zum Waschbecken. Er drehte den

Hahn voll auf und begann, sich die Hände zu waschen. Ihre Worte gingen in dem Lärm unter.

Kochend vor Wut sprang sie auf und beobachtete, wie er das Handtuch nahm, das sie erst an diesem Morgen hingehängt hatte. Das machte er immer, wenn er sich über sie ärgerte. Er stellte dann die Lautstärke des Fernsehers oder des Autoradios lauter oder machte irgendwelchen anderen Lärm, sodass ihre Worte untergingen.

»Warum machst du das?«, fragte sie. »Warum blendest du mich einfach so aus?«

Als wäre es eine große Anstrengung, stellte er das Wasser ab und sah sie im Spiegel an. »Weil du übertreibst, Sarah, und weil deine Bemerkungen gelinde gesagt erniedrigend sind. Wenn ich verreise, weiß ich, dass du zu Hause für alles sorgst. Ich brauche also vorher keine Million Dinge organisieren – du hast alles unter Kontrolle. Aber du könntest dasselbe machen, wenn du verreist. Ich bin doch da. Vielleicht mache ich nicht alles so, wie du es handhabst, aber ich bin auch kein unfähiger Dummkopf. Ich kann den Kindern zu essen geben, sie können sich selbst anziehen, und ich kann sie hinfahren, wo immer sie hinmüssen.«

»Es sind doch nicht nur die Kinder!«, hielt sie dagegen. Ihre Stimme wurde schon wieder lauter. »Ich befinde mich mitten in der Planung eines Gebetstreffens, ich muss das Abendessen für deine Kollegen planen, das wir in diesem Haus geben wollen, das Programm für Analphabeten beginnt gerade wieder neu und ich bin verantwortlich für ...«

»Einige Dinge kannst du doch verschieben oder andere Leute bitten, für dich einzuspringen. Für die Dinnerparty kannst du einen Partyservice engagieren. Sie findet doch erst in zwei Wochen statt. Und sag den Leuten, du könntest an dem Gebetstreffen nicht teilnehmen. Du bist doch groß im Delegieren, Sarah.«

Sie fragte sich, ob er wirklich so begriffsstutzig war. »Ist dir klar, was du da gesagt hast? Weißt du, wie schwer es ist, Leute zu bekommen, die freiwillig etwas übernehmen? Darum tue ich doch das alles. Und wenn ich dir den Terminplan der Kinder überlasse, dann werden sie alles absagen, weil du nicht gern in Eile bist und sowieso alles unwichtig findest.«

Er hängte das Handtuch wieder an seinen Platz. »Und wäre das wirklich so schlimm, wenn Jenny eine Tanzstunde versäumen und Chase einmal nicht am Fußballtraining teilnehmen würde?«

»Siehst du?«, schleuderte sie ihm entgegen. »Ich kann mich einfach nicht auf dich verlassen. Du hast immer irgendwelche Gründe, sie nicht zu fahren.«

Die Farbe seines Gesichts hatte nichts mit der Gartenarbeit zu tun, die er gerade getan hatte. »Fahr nach Florida, Sarah«, schrie er. »Deine Mutter möchte es. Und ich möchte es auch!«

Damit hatte sie nicht gerechnet und es nahm ihr den Wind aus den Segeln. War ihre Ehe etwa in Gefahr? War sie zu beschäftigt gewesen, um es zu bemerken?

Die Zeit schien stehen zu bleiben und ihr Herz begann zu rasen. Zornig starrten sie sich gegenseitig an. Er wusste sie nicht richtig zu schätzen. Er hatte es verdient, eine Woche lang ihre Arbeit zu übernehmen. Er verdiente es, sich sein Essen selbst kochen, jeden Tag stundenlang mit dem Wagen unterwegs sein zu müssen und sich seine Unterwäsche aus der schmutzigen Wäsche zu holen. Er verdiente es, sie zu vermissen.

Erschöpft fragte sie sich, ob es wohl so sein würde.

Das Telefon läutete und Sekunden später wurde ihre Schlafzimmertür aufgerissen. »Mom, für dich«, rief ihre zehnjährige Tochter. »Es ist wieder Grandma.«

»Ich komme, Jenny«, erwiderte sie.

»Mom, kann Eric Holmes heute bei uns übernachten?« Ihr achtjähriger Sohn, bis zu den Knien mit Schlamm verschmutzt, stürmte in ihr Schlafzimmer. Den Schmutz hatte er durch das ganze Haus getragen.

»Ich weiß noch nicht genau«, erwiderte sie müde. »Chase, du trägst den Schmutz ...«

»Huch!«, rief er, als er seine schmutzigen Schuhe bemerkte. »Ich verschwinde schon. Aber geht das, Mom? Ich brauche die Antwort sofort.«

»Dann eben nicht.«

»Aber seine Mutter ist verreist und er würde allein bleiben müssen.«

Beinahe hätte sie es ihm abgekauft, aber sie kannte Erics Mutter. »Das glaube ich nicht, Chase. Er ist erst acht Jahre alt. Sie würde ihn nie allein lassen. War aber ein netter Versuch.«

Der Junge verließ schlurfend den Raum und Sarah wandte sich erneut ihrem Mann zu. Hatte er tatsächlich gesagt, er wünschte, sie würde fahren? Die Worte taten ihr weh.

»Warum bist du so sauer auf mich?«, fragte sie mit etwas ruhigerer Stimme.

»Ich bin nicht sauer«, erwiderte er ebenfalls ruhiger. »Wechsel nicht das Thema. Hier geht es um deinen Terminplan und um die Einladung deiner Mutter.«

»Es war keine Einladung. Es war eine Forderung.«

»Nun, du bist gut darin, Forderungen zu erfüllen. Genau das tust du immer.«

Sie hatte nicht den Eindruck, dass dies als Kompliment gemeint war. »Wenn ich mich recht entsinne, stellst auch du deine Forderungen an mich, genau wie alle anderen. Und jetzt möchtest du eine Weile Ruhe vor mir haben?«

Sein Blick bestätigte ihre Worte. »Ich sage dir etwas, Sarah. Entweder du wirst für eine Woche mit deiner Mutter nach Florida fahren oder ich werde es. Aber es wäre gut für uns, wenn einer von uns für eine Weile von hier verschwinden würde.«

»Prima«, schnappte sie. Sie durchquerte das Schlafzimmer und nahm das schnurlose Telefon zur Hand, das auf dem Tisch lag. »Ich werde fahren. Meine Mutter hat mal wieder gewonnen, und du auch. Alle anderen verlieren.«

Jim antwortete nicht. Sie stellte die Verbindung her und hielt das Telefon an ihr Ohr. Doch als sie sich umdrehte, war ihr Mann bereits fort.

Als Corinne erfuhr, dass Sarah ihre Meinung geändert hatte, blieb sie still auf ihrem Computerstuhl sitzen, die Arme um die Knie gelegt, den Kopf darauf abgestützt. Sie konnte es kaum glauben. Noch vor wenigen Stunden war Sarah fest entschlossen gewesen, nicht mitzufahren, und jetzt hatte sie eine Kehrtwende um 180 Grad vollzogen. Corinne wusste nichts damit anzufangen.

Es hätte ihr nichts ausgemacht, die Einladung abzulehnen, wenn sie gewusst hätte, dass ihre Schwester auch nicht mitfuhr. Aber so lag die Sache anders. Wenn sie nicht mitfuhr, würde sie sich die ganze Woche über fragen, ob ihre Mutter und ihre Schwester sich näher kamen, ob sie über sie sprachen, ob sie versuchten, ihre Zukunft für sie zu planen, und ob sie zum Gegenstand ihres Mitleids wurde wegen der Dinge, die sie nicht hatte.

Nein, das konnte sie nicht zulassen. Sie musste ebenfalls nach Florida fliegen, auch wenn diese Reise zu einem höchst unpassenden Zeitpunkt kam. Sie sah auf ihren Bildschirm und ärgerte sich darüber, dass sie es nicht geschafft hatte, diese Website fertig zu stellen. Keinesfalls durfte sie diesen Kunden verlieren. Vielleicht konnte sie ihr Laptop mitnehmen und im Flugzeug über dieses Problem nachdenken. Für die Hunde würde sie einen Ersatz organisieren müssen und die beiden geplanten Schmuckpartys konnte sie verschieben. Das Geld würde ihr natürlich fehlen, aber vielleicht konnte sie sich mit ihren Kreditkarten über den kommenden Monat retten.

Da sie keine andere Wahl hatte als zu tun, was von ihr erwartet wurde, nahm sie das Telefon zur Hand und rief ihre Mutter an, um ihr zu sagen, dass sie kommen würde.

Maggie flog einen Tag früher nach Florida, um das Ferienhaus, das ihr Freund Milton ihr besorgt hatte, vorzubereiten. Er wartete am Haus auf sie und streckte ihr zur Begrüßung die Arme entgegen, als sie aus dem Mietwagen ausstieg.

»Milton! Sieh dich nur an«, sagte sie und ließ sich in seine Arme sinken. »Du wirst wohl auch nie älter.«

»Sag das meinen Gelenken«, meinte er lächelnd. »Du siehst großartig aus, Mags. Du bist noch immer Gottes Liebling, nicht wahr?«

Sie lachte.

Er nahm ihren Koffer aus dem Kofferraum und führte sie, den freien Arm um sie gelegt, die Stufen zu dem Ferienhäuschen hoch.

Sie hatte den zwanzig Jahre älteren Milton zehn Jahre zuvor bei einer Fotografentagung kennen gelernt. Ihre Bindung hatte sich gefestigt, als sie ihm geholfen hatte, seinen ersten Band mit eigenen Fotografien zu veröffentlichen. Im Laufe der Jahre waren sie enge Freunde geworden und hatten häufig miteinander telefoniert. Mehrmals pro Jahr trafen sie sich bei Tagungen und verbrachten ein bisschen von ihrer Freizeit miteinander. Er verdiente sich seinen Lebensunterhalt immer noch als Porträtfotograf, aber sein Buch war gut angekommen und sie bewunderte sein feines künstlerisches Auge und sein mitfühlendes Herz.

Diese Freundschaft bedeutete ihr sehr viel. Wenn man in einer Krisensituation nicht in einer intakten Familie aufgefangen wurde, war es gut, einen Freund zu haben, der einem half, die Bürde zu tragen, und der einen daran erinnerte, dass Gott noch immer alles in der Hand hielt.

Aber sie wohnten viele Kilometer voneinander entfernt. Es war seine Idee gewesen, für eine Woche nach Florida zu kommen, und auf ihre Bitte hin hatte er dieses Ferienhaus an einer ruhigen und noch nicht entdeckten Stelle des Strandes für sie gemietet.

Er öffnete die Tür der Hütte und ließ sie hinein. Beim Anblick des Meeres durch das Panoramafenster stockte ihr der Atem. Die Glastüren standen offen und eine warme, salzige Brise begrüßte sie. Sie schloss die Augen und genoss den Frieden um sie herum. »Oh Milton. Das hast du gut gemacht.«

»Ich hoffe, es gefällt dir. Es heißt ›Seaside‹.«

Sie trat hinaus auf die Veranda und blinzelte ins Sonnenlicht. Weit und breit niemand zu sehen. Möwen krächzten über dem Wasser und die Wellen brachen sich schäumend am Strand. »Das wird den Mädchen gefallen«, flüsterte sie.

Milton kam heraus und lehnte sich gegen das Geländer. Er sah sie an. »Ich habe für dich gebetet, Mags. Ich hoffe, dass diese Woche deine Erwartungen erfüllt.«

Sie nickte. »Das wird nicht leicht.«

Er stieß sich vom Geländer ab und sie sah, wie seine Schultern zusammensackten, als er sich umdrehte, sich über das Geländer lehnte und hinaus aufs Meer sah. »Wenn du das vollkommene Foto schießt, nach dem du auf der Suche bist, kannst du meine Dunkelkammer benutzen. Sie befindet sich ein paar Kilometer von hier entfernt in der Stadt. Du weißt doch noch, wie du dahin kommst, nicht?«

»Ich werde es finden«, erwiderte sie. Sie stellte sich auf die Zehenspitzen und drückte einen Kuss in das verwitterte Gesicht ihres alten Freundes. Er legte die Arme um sie und drückte sie einen Augenblick an sich. Es war eine brüderliche Umarmung, ein Bruder, dessen tröstende Arme alles wieder gut werden lassen. Er hatte seine Frau abgöttisch geliebt und ihren plötzlichen Tod vor drei Jahren noch nicht ganz überwunden. Maggie hatte ihm durch diese schwere Zeit hindurchgeholfen.

Sie hatten sich in vielen Krisenzeiten beigestanden.

»Also«, sagte er und löste sich aus der Umarmung. »Um drei Uhr habe ich eine Verabredung.« Er sah auf seine Uhr. »Ich denke, ich mache mich jetzt besser auf den Weg. Fototermin mit drei Kleinkindern. Ich hoffe nur, dass sie einen Mittagsschlaf gehalten haben.« Er küsste sie auf die Stirn und ging ins Haus. »Ich weiß, dass du jetzt gern ein wenig allein sein möchtest. Ruf mich an, wenn du mich brauchst, Mags. Ich bin ganz in der Nähe.«

Während er in seinem Wagen davonfuhr, sah sie hinaus auf das Meer, das Zeugnis der Souveränität eines Gottes, der sie in seiner vernarbten Hand hielt. Sie wusste, er würde sich in dieser Woche ihrer annehmen.

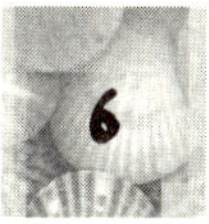

Am folgenden Tag wartete Maggie am Flughafen auf Corinne. Noch nie hatte sie sich so gefreut, ihre jüngste Tochter zu sehen. Als sie ihre Gestalt entdeckte, rannte sie beinahe einen Mann um, so eilig hatte sie es, sie in ihre Arme zu schließen.

Corinne übersah sie zuerst. Ihre Tochter hätte sie beinahe nicht erkannt, doch das erstaunte Maggie keineswegs; im vergangenen Jahr hatte sie sich sehr verändert.

»Mom?«

Maggie warf ihre Arme um Corinne und drückte sie an sich, als sei sie von den Toten zurückgekehrt. »Ich bin so froh, dass du gekommen bist, Corinne.«

Corinne schien diese offen zur Schau gestellte Zuneigung nicht gewöhnt zu sein. Maggie hoffte, dass es im Leben ihrer Tochter jemanden gab, der sie regelmäßig in den Arm nahm.

»Mom, du hast abgenommen. Und dein Haar ...«

»Gefällt es dir so kurz?«, fragte Maggie. »Ich brauche es nicht einmal mehr zu föhnen.« Sie nahm einen von Corinnes Koffern. »Sarah ist noch nicht da. Ihr Flugzeug hat sich verspätet.«

Sie schaute sich um und entdeckte die übliche Anspannung bei Corinne, wann immer Sarahs Name fiel. »Natürlich.«

»Was soll denn das heißen?«

Corinne seufzte. »Fast mein ganzes Leben lang habe ich auf Sarah gewartet. Bei fast jedem Familienereignis, bei jedem Abendessen, bei jeder Gelegenheit kommt Sarah zu spät. Warum sollte es dieses Mal anders sein?«

»Das hat sie doch nicht mit Absicht getan«, erwiderte Maggie mit lauter Stimme, um den Lärm der Menschenmenge zu übertönen, die zur Gepäckausgabe eilte. Sie war froh, dass Corinne nur Handgepäck mitbrachte.

»Ich weiß«, meinte Corinne. »Es ist nur so typisch. Es ist nicht ihre Schuld. Es scheint nie ihre Schuld zu sein.«

»Na ja, wir können auf jeden Fall das Beste daraus machen«, schlug Maggie vor. »Ihr Flug verspätet sich um eineinhalb Stunden. Wir können ins Café gehen und eine Tasse Kaffee trinken und uns vielleicht ein Stück Kuchen gönnen.«

Corinne grinste und sah ihre Mutter fragend an. »Du? Mom, du hast doch nicht durchs Kuchenessen so viel abgenommen.«

»Ich habe Urlaub«, verkündete Maggie. »Im Urlaub halte ich keine Diät. Um ehrlich zu sein, werde ich vielleicht nie wieder eine Diät machen. Das Abnehmen hat mich eines gelehrt. Dünne Menschen sehen schneller alt aus. Ich habe beschlossen, wieder ein wenig Fett anzusetzen, um die Falten auszupolstern.«

»Ich kann mir das nicht leisten«, erwiderte Corinne, »weil junge Menschen dünn besser aussehen. Um ehrlich zu sein, würde ich mir lieber ein stilles Plätzchen suchen, wo ich meinen Laptop anschließen und ein wenig arbeiten kann. Ich muss meine E-Mails abrufen. Wenn wir sowieso eineinhalb Stunden Leerlauf haben, kann ich ebenso gut ein wenig arbeiten.«

Maggies Herz sank. Ja, sie hatte ihre Tochter gut erzogen. Sie gab sich Mühe, sich ihre Enttäuschung nicht anmerken zu lassen. »Na ja, du könntest dich ein wenig mit deiner Mutter unterhalten, die du über ein Jahr nicht gesehen hast. Das wäre nicht unbedingt vertane Zeit.«

Corinne wirkte amüsiert. »Nicht, dass ich das nicht gern tun würde, Mom. Aber wir haben doch noch die ganze Woche Zeit.«

»Du kannst doch auch die ganze Woche über dein Modem anschließen, wenn es nötig ist.«

»Wie wäre es mit einem Kompromiss?«, fragte Corinne. »Ich rufe meine E-Mails ab. Das dauert höchstens 15 bis 20 Minuten. Danach gehen wir Kaffee trinken und essen ein Stück Kuchen.«

Maggie sah die Erschöpfung und Sorgenfalten in Corinnes Gesicht. Vielleicht war es tatsächlich besser, dass sie sich jetzt um diese Dinge kümmerte, dann brauchte sie es später nicht zu tun.

»In Ordnung«, stimmte Maggie zu.

Sie suchten sich eine Reihe Telefonzellen mit Modemanschlüssen. Mehrere Leute hatten sich dort bereits mit ihren Laptops eingerichtet und wirkten sehr beschäftigt. Corinne eilte hinüber und stöpselte ihr Modem ein. »Es dauert nur eine Minute, Mom.«

»Ich gehe kurz zu dem Zeitungsladen und kaufe mir eine Zeitschrift«, erklärte Maggie. »Ich bin gleich wieder da.«

Maggie kaufte eine Zeitschrift und einen Becher Kaffee, dann kam sie zurück und setzte sich auf eine gepolsterte Bank ganz in der Nähe ihrer Tochter. Sie hatte sich vorgestellt, wie sie und Corinne lachen und plaudern würden, wie sie sich, während sie auf Sarahs Flugzeug warteten, erzählen würden, was in der Zwischenzeit alles passiert war. Sie wollte mehr über das Leben ihrer jüngsten Tochter erfahren, als bei den wöchentlichen Telefonaten möglich war, aber Corinne hackte auf diesen Computer ein, als hinge das Schicksal der Welt von dem ab, was sie tippte. Dann und wann nahm sie das Telefon zur Hand, wählte eine Nummer und sprach angeregt mit dem Teilnehmer, während sie gleichzeitig ihr Laptop bearbeitete. Vermutlich sollte sie stolz auf ihre unternehmerische Tochter sein.

Sie griff in ihre Fototasche und holte ihre Kamera heraus, stellte das gewünschte Objektiv ein, hielt sie hoch, korrigierte die Schärfe und knipste Corinne, die den Telefonhörer zwischen Schulter und Ohr geklemmt hielt, während sie gleichzeitig am Laptop arbeitete und ihr Blick an dem Bildschirm hing. Ein typisches Foto von Corinne. Immer nur Arbeit und kein Spiel. Das war ihr in Fleisch und Blut übergegangen.

Sie packte die Kamera wieder weg und blätterte die Zeitschrift durch. Als sie damit fertig war, waren eine Stunde und 15 Minuten vergangen. Corinne schien mit ihrer Arbeit noch lange nicht zu Ende zu sein. Tief seufzend packte Maggie ihre Sachen zusammen und ging zu ihrer Tochter hinüber. »Corinne, wir müssen zum Gate gehen. Sarahs Flugzeug wird in einer Viertelstunde landen.«

Corinne sah zu ihr auf, als hätte sie sie vollkommen vergessen. »Oh Mom, tut mir Leid. Ich habe gesagt, wir würden Kuchen essen, nicht? Und du wolltest doch Kaffee.«

»Das macht doch nichts. Ich habe mir Kaffee geholt.«

»Oh, gut.« Sie schüttelte den Kopf und fuhr ihren Laptop herunter. »Das ist ein Albtraum, Mom. Ich habe diese Website entworfen und kann nicht herausfinden, was daran nicht stimmt. Sie verlieren Geld, weil die Kunden bei der Abgabe ihrer Bestellungen irgendwo hängen bleiben. Wenn dieser Kunde abspringt, ist ein großer Teil meines Einkommens futsch. Und ich weiß nicht, wie ich ihn ersetzen soll. Bestimmt nicht durch einen anderen Kunden.«

»Ich verstehe«, erwiderte Maggie. Sie gab sich Mühe, nicht wie ein Märtyrer auszusehen.

»Ich meine, das ist der einzige Grund, warum ich mich so schwer getan habe, mich für diese Reise zu entscheiden. Ich wusste, dass ich mich darum würde kümmern müssen.« Sie klappte ihr Laptop zu, steckte es wieder in ihre Aktentasche und sammelte ihre Sachen zusammen. Maggie nahm Corinnes Koffer und zog ihn hinter sich her. »Aber ich verspreche, das wird mich nicht die ganze Woche in Anspruch nehmen«, fuhr Corinne fort. »Ich mache nur, was unbedingt nötig ist.«

Doch während sie zusammen zum Gate liefen, wusste Maggie, dass sie beide eine grundlegend verschiedene Vorstellung von dem hatten, was nötig war.

* * *

Sarah versuchte, ihr Erstaunen zu verbergen, als sie aus dem Flugzeug stieg und ihre Mutter und Corinne am Ende der Gangway entdeckte. Ihre Mutter hatte ihr gar nicht erzählt, dass sie sich die Haare so kurz hatte schneiden lassen oder dass sie so viel abgenommen hatte. Sarah fragte sich, ob sie wohl richtig gegessen hatte. Als Sarah und Corinne noch Kinder gewesen waren, war ihre Mutter häufig so beschäftigt gewesen, dass sie das Essen ganz vergessen hatte. Vielleicht nahm dieses neue Buch sie so in Anspruch, dass sie sich selbst vernachlässigte.

Ihre Mutter nahm sie in die Arme, aber Corinne blieb mit diesem angespannten Ausdruck auf dem Gesicht zurück, den sie so gut an ihr kannte. »Wir dachten, du würdest nie ankommen«, klagte Corinne und umarmte sie unverbindlich, nachdem Maggie sie losgelassen hatte.

»Ich dachte, es würde ewig dauern«, stöhnte Sarah. »Wir haben eineinhalb Stunden auf der Startbahn gestanden, bevor wir endlich starten konnten. Es war ein Albtraum. Eine vollkommene Zeitverschwendung.« Sie setzte sich in Bewegung und zog ihren Koffer hinter sich her. Ihre Mutter und ihre Schwester folgten ihr.

»Ich denke, ein Albtraum wäre gewesen, wenn die Triebwerke Feuer gefangen oder das Fahrwerk sich nicht hätte ausfahren lassen«, widersprach Corinne.

»Das stimmt«, bestätigte Maggie. »Eineinhalb Stunden auf der Startbahn zu stehen, ist für manche Menschen ein Segen.«

»Ja, ich weiß«, meinte Sarah. »Die Dame neben mir hat die ganze Zeit gelesen. Sie hat es nicht geschafft, das Buch zu Ende zu lesen, und war beinahe enttäuscht, als wir zur Landung ansetzten. Aber ich habe Besseres zu tun, als eineinhalb Stunden einfach herumzusitzen.« Sie sah ihre Schwester an. »Und wie war dein Flug?«

»Schnell, ereignislos«, gab Corinne kurz zurück.

Wie immer sah Corinne sehr hübsch aus. Ihr Haar war makellos frisiert, und sie trug gerade so viel Make-up, um ihr jugendliches Aussehen zu unterstreichen.

Sie ist so schlank, dachte Sarah in einem Anflug von Neid. Corinne hatte nie Probleme mit der Figur gehabt. Neben ihr kam Sarah sich wie ein Walross vor.

»Was hat dich denn veranlasst, dir die Haare abschneiden zu lassen, Mom?«

Das Lächeln ihrer Mutter verblasste etwas. »Es gefällt dir nicht, stimmt's?«

»Doch, es gefällt mir schon«, widersprach Sarah. »Aber du hast doch immer gesagt, richtige Frauen hätten lange Haare.«

»Und seit wann hast du je auf das gehört, was ich gesagt habe?« Sie lachte leise und schüttelte den Kopf. »Ich hatte es satt, mich ständig damit beschäftigen zu müssen. Ihr solltet es auch einmal probieren«, meinte sie. »Wenn ich morgens geduscht habe, rubbel ich es einfach mit dem Handtuch trocken, und schon bin ich fertig. Das hätte ich schon vor Jahren machen sollen.«

»Wir müssen dir noch ein paar schönere Ohrringe kaufen«, mischte sich Corinne ein. »Etwas Bunteres. Vielleicht habe ich ja etwas Passendes dabei.«

»Das ist meine Schwester«, meinte Sarah. »Immer bereit, ein Geschäft zu machen.«

Corinne warf ihr einen empörten Blick zu. »Ich versuche nicht, ein Geschäft zu machen. Wenn ich etwas Passendes habe, würde ich sie ihr schenken.«

Sarah wurde klar, dass sie gefährlich nah dran war, ihre Schwester zu verletzen, was nicht schwer war, und wechselte schnell das Thema. Sie zog Schnappschüsse von ihren Kindern heraus.

Sie brauchten eineinhalb Stunden vom Flughafen bis zu ihrem Ferienort. Während der letzten halben Stunde führte die Straße am Golf von Mexiko vorbei.

»Erinnert ihr euch noch an das letzte Mal, als wir hier gewesen sind?«, fragte Sarah.

Corinne lächelte. »Ich glaube, es war unser letzter Familienurlaub. Ich muss fünf gewesen sein.«

»Und Sarah war zehn«, warf Maggie ein. »Wir haben ihn monatelang geplant und dann kam ein Hurrikan. Es hat jeden Tag geregnet. Und ihr Mädchen habt euch die ganze Zeit gestritten.« Sie schüttelte den Kopf. »Ich habe mir geschworen, das nie wieder zu machen.« Ihr Blick wanderte zu den blauen schaumgekrönten Wellen, die sich am Strand brachen. »Das war ein Fehler«, meinte sie mit leiser Stimme. »Wir hätten es noch einmal probieren sollen.«

Sie fuhren vorbei an den Hotels und den Strandhäusern und schließlich bog Maggie in die Einfahrt des Ferienhauses ein, das ganz abgelegen und einsam am Strand gebaut war. Sie freute sich über die begeisterten Ohs und Ahs ihrer Töchter.

»Dieses Haus heißt ›Seaside‹«, erklärte Maggie.

»Wow, Mom. Das ist toll!«, staunte Corinne, als sie aus dem Wagen ausstiegen. »Hör nur. Selbst hier sind die Wellen zu hören.«

»Vom Haus aus hat man einen wunderschönen Blick auf das Meer«, erklärte Maggie. »Die ganze hintere Wand besteht aus Glas. Nachts kann man die Glastüren öffnen und die Wellen hören. Es ist sehr abgelegen.«

Sarah blickte ihre Mutter verwirrt an. »Was ist denn in dich gefahren, so viel Geld auszugeben? Sonst hast du doch immer die billigsten Unterkünfte ausgesucht und eigene Lebensmittel mitgebracht.«

»Also, um ehrlich zu sein, ich habe tatsächlich ein paar Lebensmittel eingekauft«, gestand Maggie. »Wir werden viel ausgehen, aber heute Abend wollte ich grillen und mit euch auf der Veranda essen. Es ist einfach so wunderschön und draußen ist es angenehm kühl. Nicht so stickig wie im Sommer.«

Sarah und Corinne warfen sich Blicke zu, die besagten, dass dies so ganz untypisch für ihre Mutter war. Maggie lächelte. Sie hoffte, dass es untypisch für sie war, denn diese Woche sollte ein Neuanfang ein. Sie sollte eine Veränderung in ihrem Leben in Gang setzen. Das war sie ihren Töchtern schuldig.

Aber mehr noch war sie es sich selbst schuldig. Immerhin waren dies ihre Töchter. Ihr eigenes Fleisch und Blut. Vieles von dem, was sie wussten und wie sie funktionierten, hatte sie ihnen beigebracht. Und jetzt wollte sie ihnen etwas beibringen, das sie sie früher nicht gelehrt hatte. Sie wollte ihnen zeigen, wo sie Frieden finden konnten.

Doch während sie anfingen, den Wagen auszuladen und die Sachen hineinzubringen, fragte sie sich, ob auch nur eine von ihnen in der Verfassung war, dies zu lernen.

7

Sarah war mit einer Kamera aufgewachsen, die jede ihrer Bewegungen festhielt, aber jetzt war sie nicht in der Stimmung dafür. Wenn sie früher von diesem Urlaub gewusst hätte, hätte sie eine Diät gemacht. Sie konnte sich die Fotos, die ihre Mutter machte, genau vorstellen, auf denen sie doppelt so dick war wie Corinne.

Das verdarb ihr den Appetit.

Sie stand auf und fing an, den Tisch abzuräumen, nur um dieser Linse zu entgehen.

»Sarah, du kannst unmöglich schon satt sein«, protestierte ihre Mutter. »Du hast ja kaum etwas gegessen!«

»Ich hatte keinen großen Hunger«, gab sie zurück. Sie stellte ihren Teller geräuschvoll in das Spülbecken und drehte den Wasserhahn auf. Das Geräusch unterband das Gespräch am Tisch, was sie ganz in Ordnung fand. Corinne steckte voller Sarkasmus, genau wie Jim, und jetzt plauderte sie mit ihrer Mutter und gestikulierte mit ihrem Handy, das sie gerade aus ihrer Aktentasche gezogen hatte.

Das erinnerte Sarah daran, dass sie zu Hause anrufen und hören musste, ob mit den Kindern alles in Ordnung war. Sie fragte sich, ob ihr Ersatz für den Gebetstag wohl daran gedacht hatte, die Programme aus der Druckerei abzuholen. Und sie fragte sich, ob Jim Jenny und ihre Freundinnen zu ihrer Cheerleaderprobe gefahren hatte. Und plötzlich fiel ihr auch wieder Jims Reaktion von neulich ein, als er den Wasserhahn aufgedreht hatte, um ihre Worte nicht mehr hören zu müssen.

Sie sah auf. Die Kamera ihrer Mutter war wieder auf sie gerichtet. Sie drehte den Wasserhahn zu und hob eine Hand vor ihr Gesicht. »Mom, bitte.«

»Oh nein, das soll wohl ein Witz sein!« Corinne sprang auf und starrte entsetzt auf das Display ihres Handys. »Ich habe keinen Empfang, Mom! Was soll ich tun?«

»Du kannst doch mit dem Telefon hier im Haus telefonieren.« Maggie zuckte die Achseln.

»Aber die Leute haben meine Handynummer! Sie müssen mich doch erreichen können!«

»Dann ruf sie doch an und gib unsere Nummer durch.«

»Mom, du verstehst einfach nicht!« Corinnes Gesicht war so rot, als hätte sie den ganzen Tag am Strand in der prallen Sonne gesessen. »Diese Leute dürfen nicht wissen, dass ich nicht in der Stadt bin. Die Website von V-Tech steckt in einem kritischen Stadium und wenn sie erfahren, dass ich in dieser Woche Urlaub mache ...«

»Kein Wunder, dass die Kinder nicht angerufen haben«, meinte Sarah und schnappte sich mit nassen Händen ihre Tasche. Sie holte ihr Handy heraus und versuchte es. »Nein. Kein Empfang.« Sie versuchte, nicht so aufgebracht wie ihre Schwester zu reagieren, obwohl die Aussicht, nicht erreichbar zu sein, ihr zu schaffen machte. Sie hatte Dana, ihrem Ersatz bei der Organisation des Gebetstages, versichert, sie könnte sie jederzeit anrufen, wenn sie Fragen hätte.

Corinne versuchte noch immer, einen Empfang zu bekommen, als Sarah auf das Telefon an der Wand zusteuerte.

»Was machst du da?«, fragte Corinne.

Sarah wählte ihre Nummer. »Ich rufe zu Hause an.«

»Aber ich wollte doch gerade telefonieren!«

Sarah warf ihr einen scharfen Blick zu. »Es wird nicht lange dauern.«

Corinne ließ sich mit übertriebener Genervtheit auf den Stuhl sinken.

Chase meldete sich am Telefon. »Rivers' Pfannkuchenhaus.«

Sarah runzelte die Stirn. »Chase?«

»Mom!«

»Was war denn das mit den Pfannkuchen?«

»Nur ein Scherz, Mom«, erklärte er. »Daddy hat versucht, dich auf deinem Handy zu erreichen. Möchtest du mit ihm sprechen?«

»Ja, gern, gib ihn mir«, erwiderte sie. »Aber wie geht es euch? Alles in Ordnung zu Hause?«

»Alles prima«, erwiderte er.

»Und wie war es heute in der Schule?«

»Prima.«

»Wie war deine Arbeit?«

»Gut.«

Sie fragte sich, wie ein Achtjähriger innerhalb von wenigen Sekunden so wortkarg werden konnte. »Hast du deiner Mutter nichts mehr zu sagen?«

»Rate, was es zum Abendessen gibt«, sagte er.

Sie war ziemlich sicher, dass dies eine Fangfrage war. »Was denn?«

»Kuchen!«

Sie spürte, wie ihr das Blut ins Gesicht schoss und war sicher, dass dies von Jim ein bewusster Affront ihr gegenüber war.

Sie blickte ihre Mutter und Schwester an, als hätten sie alles mitbekommen und würden nun über sie zu Gericht sitzen. Aber sie hörten nicht zu. Ihre Mutter hatte die Kamera jetzt auf Corinne gerichtet, und ihre Schwester lief in dem Zimmer herum und probierte die unterschiedlichsten Positionen für das Handy aus, um einen Empfang zu bekommen.

»Lass mich mit Daddy sprechen.« Sarah wartete einen Augenblick, während Chase das Telefon an seinen Vater weitergab.

»Hey«, meldete er sich. »Wie war dein Flug?«

»Gut«, schnappte sie und wandte sich von Corinne und ihrer Mutter ab. Sie senkte die Stimme. »Was höre ich da? Ihr esst Kuchen zum Abendessen?«

»Ach komm schon, Sarah. Du bist nicht da. Ich trage die Verantwortung. Ich mach das schon.«

»Du kannst den Kindern doch nicht Kuchen zum Abendessen geben.«

»Ich kann ihnen geben, was immer ich möchte.«

»Aber ich habe doch den ganzen Samstagnachmittag damit verbracht, für euch vorzukochen. Ich wollte sichergehen, dass die Kinder in der Zeit meiner Abwesenheit ausgewogen ernährt werden.«

»Sie werden schon nicht im Krankenhaus landen, nur weil sie an einem Abend etwas Süßes essen.«

Sie warf einen Blick über ihre Schulter. Sie hörten noch immer nicht zu. »Aber du untergräbst meine Autorität, Jim«, flüsterte sie scharf. »Die Kinder werden nun mit dir gern zusammen sein und nicht mehr gern mit mir. Sie werden denken, ich würde sie zu streng erziehen und wenn ich nicht da bin, feierst du ein Fest mit ihnen.«

»Und? Wäre das so schlimm? Ich meine, du bist doch diejenige, die die meiste Zeit für sie sorgt, wenn ich bei der Arbeit bin. Was wäre denn so verkehrt daran, wenn ich zur Abwechslung mal der Gute bin?«

»Ich möchte nicht, dass die Zähne meiner Kinder verfault sind, wenn ich nach Hause komme.«

»Die Zähne deiner Kinder werden nicht verfaulen. Sie werden ganz in Ordnung sein. Und wenn du jetzt bitte aufhören könntest, dir übermäßige Sorgen zu machen, dann könnte ich dir eine Nachricht von Dana weitergeben.«

»Oh nein«, stöhnte sie. »Was ist?«

»Sie sagte, sie hätte die Programme abholen wollen, aber das Wort *Konferenz* auf dem Deckblatt sei falsch geschrieben.«

»Das ist unmöglich!«, rief sie. Jetzt hatte sie die Aufmerksamkeit ihrer Mutter und ihrer Schwester auf sich gelenkt. »Ich habe den Probeabzug gesehen. Das hätte ich bemerkt!«

»Nun, der Drucker sagt, es sei nicht sein Fehler, weil niemand es im Probeabzug beanstandet hätte. Er wird sie noch einmal neu drucken, aber die Kosten will er dir in Rechnung stellen.«

»Er hat das vermasselt! Ich kann es kaum glauben. Warum hast du ihr nicht gesagt, das dürfe sie nicht akzeptieren?«

»Sie hat ihn beauftragt, die Programme noch einmal zu drucken. Und könntest du bitte aufhören, mich anzuschreien, denn ich habe mit dem Ganzen nichts zu tun. Ich bin nur der Botschafter.«

Sie massierte ihre Schläfe gegen die Kopfschmerzen. »Sieh mal, würdest du sie bitte anrufen und ihr sagen, sie solle noch einmal hingehen und dafür sorgen, dass der Gemeinde keine zusätzlichen Kosten entstehen. Wir haben ein Budget! Und die neuen Programme müssen bis Donnerstag fertig sein, sonst nützen sie uns nichts mehr. Weiß der Drucker das?«

Ihre Mutter stellte sich hinter sie und fing an, ihre Schultern zu massieren.

»Sarah, ich weiß nicht, was er weiß«, entgegnete Jim. »Ich arbeite an einem Fall und versuche, diese Woche allein erziehender Vater zu spielen. Ich habe keine Zeit, deine ehrenamtliche Arbeit für dich zu übernehmen.«

»Wenn du dich recht entsinnst«, meinte sie spitz, wobei sie ihre Worte sorgfältig wählte, damit ihre Mutter nicht zwischen den Zeilen lesen konnte, »war dies deine Idee.«

»Was? Dass du nach Florida fährst?«

»Ja«, schnappte sie.

»Und es ist toll zu sehen, wie sehr du dich entspannst«, erwiderte er. »Ich weiß, das wird dich überraschen, aber die Welt wird nicht zusammenbrechen, wenn deine Programme nicht richtig gedruckt werden. Ein falsch geschriebenes Wort oder sogar eine zusätzliche Rechnung wird deine Welt nicht zum Einsturz bringen.«

Die Hintertür wurde aufgeschoben und Corinne ging nach draußen. Ihre Mutter wandte sich von Sarahs Schultern ab und folgte ihrer finster vor sich hin brütenden Tochter nach draußen.

Sarah nahm den Hörer ins Schlafzimmer mit, für den Fall, dass sie sie noch hören konnten. »Ich kann dir gar nicht sagen, wie viel es mir bedeutet zu hören, dass mein Mann die Arbeit, die ich tue, so zu schätzen weiß!«, flüsterte sie. »Du hältst meine Arbeit für vollkommen unwichtig. Und meinen Kindern *Müll* zu essen vorzusetzen ...«

»Es sind auch meine Kinder«, unterbrach er sie.

»Und das gibt dir das Recht, sie zu vergiften?«

Er lachte erneut, aber es war ein trockenes, humorloses Lachen voller Anklage. »Du reagierst über, Sarah.«

»Und du reagierst *unter*. Du sagst mir, ich soll fahren, und nun, da ich hier bin, behandelst du meine Kinder und meine Pflichten, als wären sie keinen Pfifferling wert ...«

Zorn schwang in seiner Stimme mit. »Sarah, es gibt andere Dinge, die wichtiger sind ...«

»Was zum Beispiel? Deinen Kindern Kuchen zu essen zu geben?«

»Ja«, erwiderte er. »Manchmal. Manchmal ist das genau das, was sie brauchen. Vielleicht solltest du mit deiner Mutter auch einmal heute Abend am Strand Kuchen essen, Sarah. Es könnte eurer Beziehung dienlich sein.«

Sie seufzte und er brummte. Seine Stimme wurde etwas weicher.

»Hör auf, dir Sorgen zu machen, Sarah!«, sagte er. »Ich sehe dies nicht als eine große Party. Wir erledigen die Hausarbeit, gehen unter die Dusche und ich stecke die Kinder auch rechtzeitig ins Bett. Aber in der Zwischenzeit werden wir Kuchen essen – Zitronenbaiser – und wir werden Eis essen, und wir werden uns auf dem Boden liegend *Old Yeller* ansehen.«

Wenn er das so sagte, klang das gar nicht so übel. Aber es war trotzdem ein Mutter-ist-fort-Fest.

»Ich habe die Nachricht also ausgerichtet, und ich habe gehört, ob es dir gut geht. Und jetzt, nachdem wir diese kleinen Sonnenstrahlen ausgetauscht haben, werde ich mich mal wieder um die Kinder kümmern.«

Sarah eilte in die Küche zurück und knallte den Hörer auf die Gabel, ohne sich zu verabschieden. Sie marschierte ins Bad, spritzte sich Wasser ins Gesicht, um die Tränenspuren zu verwischen, und erneuerte ihr Make-up, damit die anderen nicht sahen, dass sie geweint hatte. Mit betont fröhlichem Gesicht begab sie sich wieder ins Wohnzimmer. Ihre Mutter und Corinne waren an den Strand gegangen. Gut. So hatte sie ein wenig Zeit, um sich zu beruhigen.

Die Tränen kamen zurück und sie ließ ihnen freien Lauf. Sie würden auch nicht helfen – würden nichts lösen. Aber sie musste ihre innere Spannung abbauen, um die Fassung wiederzugewinnen, bevor ihre Mutter und Schwester hereinkamen. Die Mitglieder in ihrer Familie waren nicht verletzlich. Sie waren nicht weich. Sie waren nicht emotional. Nein, die Frauen in ihrer Familie waren nützlich. Nützlich zu sein, war das Wichtigste.

Selbst wenn ihre Familie sich freute, dass sie fort war.

In dem Augenblick, als Sarah mit ihrem Mann telefonierte, wurde Corinne wieder von der ihr bereits bekannten Welle der Verachtung ergriffen. Corinne wollte es nicht Eifersucht nennen. Sie wusste, andere Leute würden dieses Wort wählen, um ihre Empfindungen zu beschreiben, aber das war es eigentlich nicht wirklich. Sie wünschte ihrer Schwester nichts Schlechtes. Aber sie konnte die Erinnerung daran, dass Sarah in ihrer Kindheit immer in allem geglänzt hatte, einfach nicht beiseite schieben.

Sarah brachte beste Leistungen. Sie war erfolgreich. Es war immer schwer gewesen, mit ihr Schritt zu halten. Sie war klug, schnell und organisiert. Wenn sie drei Firmen leiten würde, würden sie alle bestens laufen. Ihren Mann hatte sie im College kennen gelernt und einen Monat nach ihrem Abschluss geheiratet. Und da war Corinne, mit 28 noch allein stehend. Sie hatte noch nicht den richtigen Partner gefunden.

Sie stieg von der Veranda herunter und lief durch den Sand. Die Sonne ging gerade am Horizont unter und warf einen orangefarbenen Schimmer auf das Wasser. Es blendete, trotzdem ging sie darauf zu. Sofort war ihre Mutter an ihrer Seite.

»Corinne, geht es dir gut?«

Corinne drehte sich um und versuchte, ein Lächeln auf ihr Gesicht zu zaubern. »Natürlich, Mom. Mir geht es gut.«

»Du sahst ein wenig traurig aus, als du nach draußen gegangen bist. Ich dachte, vielleicht erhebt dieser Konkurrenzkampf zwischen dir und Sarah wieder sein hässliches Haupt.«

»Ich konkurriere nicht mit ihr«, widersprach sie. »Wir könnten genauso gut in zwei verschiedenen Welten leben. Sie haben sehr wenig miteinander zu tun. Ich möchte ihr Leben nicht führen, und sie nicht meins.«

»Also, das ist wirklich eine kalte Aussage«, meinte ihre Mutter.

»Ach komm schon, Mom. Denkst du, ich würde mich gern durch einen Mann und zwei Kinder anbinden lassen? Mit einem kleinen Minivan zu Fußballspielen, Tanzstunden und Elternvertretersitzungen durch die Stadt fahren? Nein, das ist nichts für mich.«

Sie rechnete mit einem Vortrag über den Wert der Familie, aber ihre Mutter wechselte abrupt das Thema. »Erzähl mir von John. Triffst du dich noch mit ihm?«

»Nein, Mom«, erwiderte Corinne. »Wir haben uns schon vor Monaten getrennt.«

Ihre Mutter wirkte bestürzt. »Wirklich? Das hast du mir gar nicht erzählt.«

»Es war nicht wichtig.«

»Weswegen?«

»Wegen allem.«

Ihre Mutter sah hinaus auf das Wasser und ließ diese neue Information in sich hineinsickern.

»Sei doch nicht so bestürzt, Mom. Ich gehe mit einer Reihe anderer Männer aus.«

»Wirklich?«, fragte sie hoffnungsvoll. »Erzähl mir von ihnen.«

Das wollte Corinne nicht so gern. Keiner von ihnen war so wichtig, dass ihre Mutter sich Hoffnungen machen könnte, aber sie hatte den Fehler gemacht, von diesem Thema anzufangen, und jetzt konnte sie sich nicht mehr herauswinden.

»Also, einer ist Trainer an der Highschool. Ein netter Mann. Aber ich bin nicht so für Football.«

»Wie heißt er?«

»Simon«, erwiderte sie. »Fast alle nennen ihn Si.« Kaum zu glauben, dass sie von ihm gesprochen hatte. Sie waren nur zweimal miteinander ausgegangen und er war überhaupt nicht ihr Typ.

»Si, ja? Interessanter Name. Und was ist mit dem anderen?«

»Der andere ist Pilot und natürlich viel unterwegs. Ich führe seinen Hund aus. Er ist ziemlich cool.« Sie hielt inne und versetzte sich innerlich einen Tritt. Er war noch unbedeutender als Simon. »Aber in keinen von ihnen bin ich besonders verliebt.« Sie zog Schuhe und Strümpfe aus, ging ins Wasser und ließ die Wellen mit ihren Füßen spielen. »Ich weiß, was du denkst. Du denkst, ich würde meine Zeit vergeuden, wenn es mir mit keinem von ihnen ernst ist. Ich bin gern in ihrer Gesellschaft, das ist aber auch schon alles.«

»Du willst gar keine Beziehung?«

Der entsetzte Gesichtsausdruck ihrer Mutter war beinahe amüsant. »Nicht richtig«, erwiderte sie. Sie verschränkte die Arme, doch dann wurde ihr klar, dass sie auf diese Weise etwas zu selbstsicher wirkte.

Ihre Mutter betrachtete sie nachdenklich.

»Du glaubst mir nicht, stimmt's?«, fragte Corinne.

»Ich kenne dich, Corinne. Als du klein warst, bist du immer mit einer Decke auf dem Kopf herumspaziert und hast Braut gespielt. Und immer wieder der Satz: ›Wenn ich verheiratet bin ... wenn ich Kinder habe ...‹ Erst in den letzten Jahren hast du aufgehört, davon zu sprechen.«

»Na na, vielleicht habe ich in den letzten Jahren erkannt, dass dies nicht das höchste Ziel im Leben ist. Vielleicht habe ich jetzt andere Ziele. Du bist doch diejenige, die mich gelehrt hat, mir Ziele zu setzen, Mom. Und ich versuche, Gott nicht zu missbrauchen. Das hast du mich auch gelehrt. Wenn Gott möchte, dass ich heirate, wird er mir den richtigen Mann schicken.« Sie hatte sich das so oft eingeredet, dass sie es eigentlich glauben sollte.

»Aber nicht alle deine Ziele sollten berufsorientiert sein«, wandte ihre Mutter ein. »Es kann nicht nur darum gehen, etwas zu erreichen. Manchmal sollten Ziele auch auf Beziehungen gerichtet sein, wichtige Bindungen. Wir müssen uns ganz bewusst entscheiden, solche Beziehungen aufzubauen. So wie du deine Geschäftsbeziehungen aufbaust.«

Eine große Welle umspielte ihre Knöchel und hätte sie beinahe zum Stolpern gebracht. »Und wie sollte ich das angehen, Mom? Soll ich etwa beschließen, in zwei Jahren verheiratet zu sein? Okay. Und was dann? Soll ich in Kneipen gehen und mit jedem ausgehen, der mir einen Drink spendiert? Oder mich den Singlegruppen in der Gemeinde anschließen aus dem einzigen Grund, einen Mann kennen zu lernen?«

»Eine Singlegruppe wäre gar nicht schlecht für dich, Corinne. Du würdest Freundschaften schließen. Du würdest Beziehungen aufbauen.«

»Ich würde Männer kennen lernen«, wandte sie ein, »und ich habe ein großes philosophisches Problem damit, zur Kirche zu gehen, um einen Mann kennen zu lernen.«

»Aber denk doch nur einmal darüber nach. Was für einen Mann möchtest du denn heiraten? Einen Mann, den du im Vorübergehen kennen lernst, der vielleicht Christ ist, vielleicht aber auch nicht? Oder möchtest du eine Beziehung zu jemandem, der eine Beziehung zu Gott hat?«

Corinne bückte sich, hob eine Hand voll nassen Sandes auf und ließ ihn durch ihre Finger rieseln. »Ich möchte eines Tages gern einen gläubigen Mann haben, falls ich überhaupt einen Mann haben werde«, sagte sie. »Aber ich bin trotzdem der Meinung, dass es falsch ist, in die Kirche zu gehen, um nach einem Ausschau zu halten.«

Sie trat ins Wasser. Es platschte. Ihre Mutter stand außerhalb der Reichweite der Wellen. »Ich möchte nur nicht, dass du allein bleibst. Ich möchte nicht, dass du Weihnachtsfeste verlebst, wie ich es im vergangenen Jahr erlebt habe.« Ihre Stimme versagte, und sie trat weiter zurück, um einer Welle auszuweichen.

Erneut empfand Corinne den Stich des Versagens. »Mom, es tut mir so Leid, dass ich Weihnachten nicht nach Hause gekommen bin. Ich hatte so vieles laufen und ich war einfach der Meinung, diese Zeit nicht erübrigen zu können. Ich dachte, Sarah und ihre Kinder wären bei dir. Wenn ich gewusst hätte, dass sie auch nicht da waren ...«

»Das verstehe ich«, unterbrach Maggie sie. »Wirklich, ich verstehe es. Aber ich sage dir, ich möchte nicht, dass du einsame Weihnachtsfeste verlebst. Du sollst nicht überlegen müssen, was du zu Thanksgiving essen wirst. Sarah und du, ihr steht euch nicht so nahe. Was wirst du tun, wenn ich tot bin? Bestimmt würdest du nicht quer durchs

Land zu ihr fliegen, um mit ihr gemeinsam die Feiertage zu verleben.«

»Sie würde mich gar nicht dabei haben wollen«, erwiderte Corinne.

»Ich möchte nur, dass es Menschen in deinem Leben gibt, die dich lieben«, erklärte Maggie. »Ich möchte wissen, dass du ein Zuhause hast. Das ist mir so wichtig.«

»Und wenn ich nun keine Familie haben soll, Mom? Wenn Gott für mich vorgesehen hat, allein zu bleiben? Wirst du dann dein ganzes Leben lang enttäuscht sein? Wirst du das Gefühl haben, irgendwie an mir versagt zu haben?«

»Natürlich nicht. Wenn ich wüsste, dass du alles aus deinem Leben herausholst, was Gott für dich vorgesehen hat, dann wäre ich fasziniert.«

Corinne schob sich die Haare aus dem Gesicht und drehte sich in den Wind. »Aber davon bist du nicht überzeugt.«

»Sagen wir, ich kann wenig Frieden und Freude in deinem Gesicht erkennen. Ich sehe sehr viel Stolz. Aber du bist wie ein Ballon, der vom Wind herumgeworfen wird. Du brauchst einen Anker.«

»Ich habe einen Anker«, widersprach sie. »Ich bin Christ, Mom. Ich weiß, zu wem ich gehöre.«

Ihre Mutter lächelte. »Das freut mich, Corinne. Aber ich würde es gern sehen, wenn du auch in einer Familie einen Anker finden würdest. Du sollst nicht für den Rest deines Lebens deine Schwester beneiden.«

Das war wie ein Schlag ins Gesicht. »Ich beneide sie nicht, Mom, falls du das denkst.« Sie senkte ihren Blick in dem Bemühen, gelassen zu bleiben, und hob eine Muschel auf. Sie wusch sie im Wasser ab und drehte sie in der Hand um. »Du weißt, dass nicht jeder das vollkommene Leben führen kann wie Sarah. Einige von uns müssen in der realen Welt leben.« Sie hob eine weitere Muschel auf, dann noch eine. Dabei beobachtete sie ihre Mutter weiter, als analysiere sie den Pathos hinter ihren Worten. »Jetzt lass mich mal vom Haken, ja, Mom? Ich habe wirklich keine Lust, mich heute Abend schlecht zu fühlen.«

»Ich vermittle dir ein schlechtes Gefühl in Bezug auf dich selbst?«, fragte sie.

»Ja«, bestätigte Corinne, »wenn du anfängst, über Familie, Ehemann und all die Dinge zu sprechen, die ich nicht habe.« Sie schluckte. »Dann habe ich das Gefühl, eine Versagerin zu sein.«

»Wie kannst du das als Versagen sehen?«

»Weil du es tust«, erwiderte Corinne. Sie hob eine weitere Muschel auf und reinigte sie im Wasser. »Ich wette, ich könnte aus diesen Muscheln tolle Ohrringe für meine Sammlung machen. Vielleicht könnte ich sie sogar für 15 oder 20 Dollar das Paar verkaufen. Ich denke, ich gehe morgen mal in den Laden und sehe zu, ob ich das nötige Zubehör bekomme.«

»Schönheit in Dollars«, meinte ihre Mom leise.

»Was?«, fragte Corinne.

Maggie schien sich von ihren Gedanken loszureißen. »Nichts. Du warst eine gute Schülerin, Corinne. Zu gut.«

Corinne war sich nicht sicher, ob sie die plötzliche Melancholie ihrer Mutter verstand. »Mom, wenn du Angst hast, dass ich die Zeit hier damit verbringe, Schmuck anzufertigen, dann keine Sorge. Das mache ich nicht, okay? Ich verspreche, dass ich dir meine ungeteilte Aufmerksamkeit schenken werde. Ich werde dich nicht enttäuschen.«

Corinne wartete die Antwort ihrer Mutter nicht ab und machte sich auch nicht die Mühe, in ihrem Gesicht zu lesen, sondern wandte sich ab, um weitere Muscheln zu suchen.

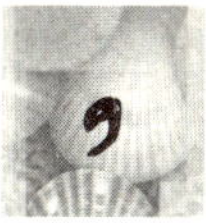

Es war eine schlimme Nacht für Maggie gewesen. Sie hatte schlecht einschlafen können und dann eigentlich nur oberflächlich gedöst. Bedauern und Selbstvorwürfe hatten sie die ganze Nacht geplagt und jetzt, während die Morgensonne hinter der Hütte aufging, fragte sie sich, ob es möglich war, den Schaden, den sie bei ihren Töchtern angerichtet hatte, wieder gutzumachen.

Sie dachte an Corinnes Worte am Strand vom vergangenen Abend. Wie kam sie nur auf die Idee, sie hätte ihre Mutter enttäuscht? Doch sie kannte natürlich die Antwort auf die Frage: Immer und immer wieder hatte sie Corinne diesen Eindruck vermittelt. Leistungen waren nicht mit Freude aufgenommen worden, es hatte keine Glückwünsche gegeben. Stattdessen war stets eine Frage gefolgt. *Und was wirst du jetzt machen?* Das bedauerte sie nun. Sie hatte ihren Töchtern etwas Wichtiges von ihrer Kindheit genommen und jetzt hatten sie als Erwachsene die Konsequenzen zu tragen.

Sie trat hinaus auf die Veranda und setzte sich mit ihrem Kaffee an den Tisch. Es war noch recht kühl und eine scharfe Brise wehte vom Meer her. Während sie in kleinen Schlucken ihren Kaffee trank, spürte sie die Gegenwart Gottes, als säße er wie ein Ehemann neben ihr, hielte ihre Hand und linderte ihren Schmerz.

Er hat diesen Märzwind geschickt, dachte sie lächelnd, *und er hat jede Welle geschaffen, die sich an diesem Tag am Strand bricht*. Gott liebte und sorgte für alle diese Möwen, die über dem Wasser kreisten und hinabstießen, um ihr Frühstück zu holen.

Er würde auch für sie sorgen.

Die Glastür hinter ihr glitt auf. Sarah und Corinne standen in ihren Morgenröcken nebeneinander und sahen sie an. Das erinnerte sie an früher, an den Weihnachtsmorgen, wenn die eine die andere aufgeweckt hatte und sie gemeinsam mit offenen Morgenmänteln und barfuß zu ihr gelaufen gekommen waren.

»Irgendetwas riecht hier gut, Mom«, sagte Corinne. »Was ist es?«

»Sieh im Ofen nach«, erwiderte Maggie. »Ein Frühstücksauflauf. Du könntest ihn herausbringen, dann können wir gemeinsam frühstücken.«

Sie liebte es, ihre Töchter so früh am Morgen zu sehen, bevor sie ihre Haare frisiert und ihr Make-up aufgelegt hatten. Das erinnerte sie an ihre frühere Unschuld – bevor das Leben sie in Erwachsene geformt hatte. Damals waren ihre Gesichter rein, strahlend und offen gewesen. Ohne Falsch.

Sie brachten Teller, Gabeln, den Auflauf und die Kaffeekanne nach draußen und setzten sich an den Tisch.

»Ist es nicht schön hier draußen?«, fragte Maggie.

»Allerdings«, erwiderte Corinne und strich sich die Haare aus dem Gesicht. »Ich glaube nicht, dass ich je zu einem Zeitpunkt in Florida gewesen bin, wo es nicht schwül gewesen ist.«

»Habt ihr gut geschlafen?«, fragte Maggie.

»Es ging«, erwiderte Sarah, und Maggie wurde klar, dass sie auswich.

»So gut wie immer«, erklärte Corinne.

Sarah trank ihren Kaffee. »Und was werden wir heute unternehmen, Mom?«

Ein kühler Wind strich durch Maggies Haare. »Ach, es gibt so vieles, was ich tun möchte«, sagte sie. »Ich würde gern ein Boot mieten, hinaus aufs Meer fahren, vielleicht ein wenig angeln. Das habe ich nicht mehr getan, seit ich ein kleines Mädchen war. Im Vorratsraum habe ich Angelruten entdeckt. Wir könnten ein Picknick zusammenpacken, hinaus nach Fork Island fahren und in der Sonne liegen.«

Ihre Töchter blickten sich gelangweilt an. »Mom, ist es nicht ein wenig gefährlich für drei Frauen, hinaus aufs Meer zu fahren, wo keine von uns richtig mit einem Boot umgehen kann?«

»Also gut«, räumte sie ein, »wir können ja ein Boot mieten und jemanden mitnehmen, der uns fährt. Das ist sogar noch besser.«

»Richtig, Mom«, meinte Corinne.

»Und was ist jetzt daran verkehrt?«, fragte Maggie.

»Nichts«, erwiderte Corinne. »Ich denke nur, dass es eine ziemliche Zumutung ist.«

»Zumutung? Warum ist das eine Zumutung?«

»Na ja, warum sollte ein Fremder uns mehrere Stunden seines Tages opfern?«

»Für Geld natürlich«, stellte sie klar. »Ich würde so etwas doch nicht kostenlos verlangen.«

Sarah rieb sich die Arme und zog die Schultern hoch. »Also ich kann hier nicht weg, bis ich nicht dieses Problem mit der Druckerei geklärt habe.«

»Und ich muss heute Morgen an der Website für V-Tech arbeiten, Mom«, fügte Corinne hinzu. »Wenn nicht, dann bin ich verloren. Ich brauche die Einkünfte aus diesem Auftrag.«

Maggie stellte ihre Kaffeetasse ab. »Denkst du denn, du könntest mir nach dem Frühstück wenigstens eine Stunde deiner Zeit opfern? Ich meine, immerhin seid ihr hergekommen, damit ich euch fotografieren kann.«

»Natürlich«, erwiderte Corinne.

»Mom, wir können tun, was immer du möchtest«, sagte Sarah. »Ich muss mich vorher nur noch um ein paar Dinge kümmern.«

Corinne betrachtete prüfend Maggies Gesicht, als suche sie nach Spuren von Enttäuschung. »Vor acht können wir sowieso nicht telefonieren, darum können wir auch geradeso gut jetzt die Fotos schießen«, sagte sie. »Aber Mom, sobald ich dieses Problem gelöst habe, gehöre ich für den Rest des Tages dir, das verspreche ich.«

»Und wenn du es nicht lösen kannst, Corinne? Und du, Sarah? Wenn du diese Sache nicht mit einem Telefonanruf klären kannst?«

Sarah lehnte sich auf ihrem Stuhl zurück. »Nun, dann mache ich eben zwei Telefonanrufe.«

Frustriert wandte sich Maggie an Corinne. »Und wenn du diese Website nicht in Ordnung bringen kannst, ist dann diese ganze Woche für die Katz?«

»Natürlich nicht, Mom«, lenkte Corinne ein. »Das würde ich nie zulassen. Aber als du mich gebeten hast, hierher zu kommen, habe ich dir gesagt, dass ich sehr beschäftigt bin. Ich habe dir erklärt, dass ich viel Arbeit habe und dass es Probleme gibt.«

Das stimmte. Beide hatten sie gewarnt. Sie lenkte ihren Blick wieder auf das Wasser und hoffte, der Wind würde die Tränen in ihren Augen trocknen, bevor ihre Töchter sie entdeckten. »Ich hatte nur so eine Vision, denke ich, dass wir über den Strand laufen, nach den Wellen treten, in der Sonne liegen. Ich dachte, wir würden gemeinsam lachen, spazieren gehen und angeln ... und dann noch mehr lachen. Ich hatte mir euch Mädchen nicht mit Laptops oder Telefonhörer am Ohr vorgestellt.«

»Ich verspreche dir, Mom«, sagte Corinne, »so wird es nicht sein, okay?«

Maggie spürte, dass sie kurz davor stand zu weinen, darum stand sie schnell auf und räumte den Tisch ab. »Es ist in Ordnung«, sagte sie. »Ich verstehe.«

Sie hasste den Märtyrerklang in ihrer Stimme. Auf keinen Fall wollte sie sie manipulieren. Sie ging ins Haus und bemerkte das betretene Schweigen ihrer Töchter, die am Tisch sitzen blieben.

Sie ging in die Küche und stellte die Tassen in das Spülbecken. Frustriert blieb sie davor stehen und starrte sie an, als könnte sie ihnen die Schuld daran geben.

Sie musste entscheiden, wie sie auf den mangelnden Enthusiasmus ihrer Töchter reagieren wollte. Sie konnte sich dadurch den ganzen Urlaub ruinieren, alle ihre Pläne zunichte machen und die wenigen schönen Augenblicke in Augenblicke der Schuldgefühle verwandeln lassen. Oder sie konnte beschließen zu nehmen, was sie ihr freiwillig zugestanden. Ja. Sie wollte das Geschenk, nicht die Schuldgefühle.

Sarah und Corinne kamen kurz darauf herein, um sich anzuziehen. Als sie in ihre Zimmer spähte, sah Maggie, dass sie sich mit ihrem Make-up große Mühe gaben, da sie schließlich fotografiert werden sollten. Also keine natürlichen Bilder. Sie würden jedes Hilfsmittel nutzen, das die Kosmetikindustrie zu bieten hatte.

Als sie endlich fertig waren, gingen sie hinaus an den Strand und liefen am Wasser entlang. Maggie lief rückwärts vor ihnen her, während sie nebeneinander weitergingen und in die Kamera lächelten. Halbherzig schoss sie ein paar Bilder. »Ihr sollt nicht posieren«, rief sie mit lauter Stimme, um die Brandung zu übertönen. »Ich möchte ein paar spontane Schnappschüsse. Planscht doch ein wenig im Wasser oder so etwas.«

Sarah blickte sie an, als würde sie ihre geistige Gesundheit infrage stellen. »Mom, ich trage keinen Badeanzug, und selbst wenn, würde ich mich von dir nicht darin fotografieren lassen.«

»Und ich würde gern ein paar Räder für dich schlagen«, meinte Corinne, »aber es ist zehn Jahre her, seit ich Cheerleader war.«

»Ihr braucht euch doch nicht wie kleine Kinder zu benehmen«, meinte ihre Mutter. »Ihr sollt nur aufhören, in die Kamera zu schauen. Hört auf mit dem Versuch, schön aussehen zu wollen. Lasst mich einfach meine Arbeit tun.«

Betrübt und ungeduldig liefen sie am Strand entlang. Sarah wies auf ungewöhnliche Muscheln hin, Corinne hob sie auf. Maggie schoss ein Dutzend Fotos und legte einen neuen Film ein, aber ihr war klar, dass sie noch nichts Brauchbares hatte, das sie verwenden konnte. Ihre Gesichter waren abgelenkt, erschöpft, zu künstlich. Trotzdem – das war ihr natürliches Aussehen. Dies zeigte, wer sie waren, ob es ihr nun gefiel oder nicht.

Sie drehten sich um und gingen zum Haus zurück. Als sie näher kamen, konnte Maggie die verstohlenen Blicke ihrer Töchter auf das Haus beobachten, so als wartete die Lösung auf eine Million Probleme hinter dieser Glastür. Endlich war auch der zweite Film verknipst und sie gab ihnen, was sie wollten. »Geht nur hinein, Mädchen. Kümmert euch um eure Angelegenheiten.«

Sarah zögerte. »Bist du sicher, Mom?«

»Natürlich. Nur streitet euch nicht um das Telefon.«

Die Schwestern machten sich auf den Weg zum Haus, doch Maggie blieb zurück.

»Und was machst du?«, fragte Corinne.

»Ein Freund von mir, der auch dieses Haus für uns aufgetrieben hat, besitzt hier ganz in der Nähe ein Fotostudio. Er hat mir gesagt, ich könnte seine Dunkelkammer benutzen, wenn ich wollte. Ich denke, ich fahre mal hin und sehe, was wir schon haben.«

»Gute Idee«, sagte Sarah. Die Erleichterung war ihr anzumerken. »Dann kannst du die Frucht deiner heutigen Arbeit bewundern.«

»Sofortige Genugtuung«, meinte Corinne. »Was für eine Vorstellung.«

»Das bezweifle ich«, erwiderte Maggie. »Ich bin nicht sicher, dass ich schon habe, was ich wollte. Aber die Woche hat schließlich gerade erst angefangen. Wir haben ja noch Zeit.«

Sie betete, die Hoffnung in ihren Worten möge tief in ihr Herz einsinken. Sie musste es glauben.

Mühelos fand Maggie das Fotostudio, in dem Milton gerade eine Familie mit einem neun Monate alten Kleinkind fotografierte. Er wirkte sehr erschöpft, so als brauche er eine Pause. Sie winkte, um ihn auf sich aufmerksam zu machen, und sein altes Gesicht strahlte auf. Er stieg über die Schnüre hinweg und gab seinem Assistenten einige Anweisungen, dann kam er hinaus in den Flur und umarmte Maggie.

»Schön, dich zu sehen, Mags«, sagte er und gab ihr einen Kuss auf die Wange. »Und wie läuft es mit euch?«

»Ach, genau so, wie ich es hätte erwarten sollen«, erwiderte sie. »Aber ich habe heute Morgen zwei Filme verknipst, und ich dachte, ich sehe mal, was dabei herausgekommen ist, falls du die Dunkelkammer entbehren kannst.«

»Sie gehört dir«, sagte er und führte sie den Flur entlang. Er öffnete eine Tür, ließ sie hinein und blieb im Türrahmen stehen. »Denkst du, du hast, was du dir erhofft hast?«

Sie versuchte ein Lächeln. »Sagen wir, wir haben ein paar Probleme, in die Gänge zu kommen.«

»Ich bete für euch«, sagte er.

»Vielen Dank, Milton.«

»Und lass dir ruhig Zeit«, meinte er. »In den nächsten Tagen brauche ich die Dunkelkammer nicht. Ich bin komplett mit Fototerminen ausgebucht. Eines Tages werde ich so weit sein, dass ich mich vom Geschäft zurückziehe.«

»Du bist mein Lebensretter«, meinte sie. »Ich weiß es zu schätzen.«

Er schloss die Tür hinter ihr, und sie drehte das rote Licht an, damit sie sehen konnte, was sie machte.

Kurze Zeit später stand sie über den Schalen mit der Entwicklerflüssigkeit. Die Gesichter nahmen langsam Konturen an. Sie starrte auf sie herab wie eine Mutter, die den ersten Blick auf das Gesicht ihres Kindes wirft.

Während die Fotos langsam scharf wurden, sah sie, dass sich ihre Erwartungen nicht erfüllt hatten. Sie hatte Freude in den Gesichter ihrer Mädchen sehen wollen, Frieden, Liebe und Lebensfreude. Aber was sie stattdessen sah, war viel ehrlicher. Diese Fotos zeigten ihre eigentliche Persönlichkeit. Sie sah Sorge und Erschöpfung, Ablenkung und Unzufriedenheit in ihren Gesichtern.

Sie hängte die Fotos auf die über ihr gespannte Leine und ging langsam daran vorbei, wobei sie jedes einzelne kritisch betrachtete. Sie hatte ihren Töchtern alles beigebracht, was sie wusste. Aber sie hatte nicht das Richtige gewusst.

Resigniert schloss sie die Augen und betete für diese Gesichter, die ihr mehr bedeuteten als das Leben – obwohl sie bezweifelte, dass sie das wussten.

Ihr Herz schmerzte, so sehr wünschte sie sich Fotos von strahlenden Augen und überschäumender Lebensfreude. »Herr«, flüsterte sie, »lass sie nicht die Fülle verfehlen, die

Freude, den Frieden. Wenn du mir nur ein paar kleine Wunder schenken könntest.«

Als sie zum Haus zurückfuhr, rief sie sich in Erinnerung, dass Gott sehr wohl Wunder tun konnte. Vielleicht würde er ihr auch bei dieser Angelegenheit helfen.

11

Während ihre Mutter fort war, telefonierte Sarah dreißig Minuten mit der Druckerei und versuchte, die Leute davon zu überzeugen, dass die Gemeinde die neuen Programme nicht zu zahlen hätte. Schließlich einigten sie sich auf einen Kompromiss, jeder zahlte die Hälfte. Das war besser als nichts, auch wenn die Kosten wohl an ihr hängen bleiben würden.

Sie legte auf und rief Jim im Büro an, um ihn zu fragen, ob er wohl den Probeabzug Korrektur lesen könnte. Aber er war noch immer wütend auf sie.

»Komm schon, Jim«, sagte sie, »tu mir das nicht an, wo ich doch von zu Hause fort bin und das nicht selbst übernehmen kann.«

»Ich tue dir gar nichts an, Sarah. Du tust es mir an. Schließlich hast du mir Vorwürfe gemacht, weil ich den Kindern gestern Abend Kuchen gegeben habe. Und übrigens, als ich heute Morgen aufgewacht sind, waren sie noch am Leben. Der Kuchen hat sie nicht umgebracht.«

Sie hatte die ganze Nacht wach gelegen und über ihr Gespräch nachgedacht, und schließlich musste sie zugeben, dass ihr Ton ihm gegenüber sehr herablassend gewesen war. Sie nahm es ihm nicht übel, dass er wütend geworden war.

»Meine Reaktion gestern Abend tut mir Leid, Jim. Ich bin wirklich zu weit gegangen. Ich war etwas angespannt.«

Falls er ihre Entschuldigung akzeptierte, so sagte er es zumindest nicht.

»Wenn ich jemand anderen zur Druckerei schicken soll«, meinte sie nachgiebig, »dann mache ich das. Ich könnte Dana oder Mary anrufen. Ich denke nur, dass du eher mögliche Fehler entdeckst.«

»Ich werde gehen«, gab er schließlich nach. »Aber ich werde nicht deine Schlachten schlagen. Ich habe mit meinen genug zu tun.«

»Es gibt keine Schlacht. Ich habe bereits alles mit dem Drucker vereinbart. Du brauchst es nur Korrektur zu lesen und darauf zu achten, dass sich keine Fehler eingeschlichen haben.«

»Ich sage dir was. Ich könnte dir doch einfach ein Exemplar faxen, dann kannst du es selbst machen. Ich möchte nicht verantwortlich dafür sein, wenn doch etwas übersehen wird.«

»In Ordnung«, sagte sie. »Einen Augenblick.« Sie verließ das Schlafzimmer und ging ins Wohnzimmer, wo Corinne wild auf die Tasten ihres Laptops hämmerte. »Corinne, hast du einen Faxanschluss auf deinem Computer?«

»Ja«, schnappte ihre Schwester, »nur kann ich ihn nicht benutzen, weil du die Telefonleitung belegt hast.«

Sarah stemmte die Hände in die Hüfte. »Ich muss mich um eine wichtige Angelegenheit kümmern!«

»Zufälligerweise muss ich das auch«, zischte Corinne. »Nur kann ich nicht online gehen, bis du das Telefon freigibst.«

Sarah starrte auf sie herab. »Warum bist du so gehässig?«

»Ich bin nicht gehässig! Ich brauche nur diese blöde Telefonleitung!«

»In Ordnung, ich gebe sie ja schon frei. Gibt es eine Möglichkeit, dass Jim mir etwas über deinen Computer zufaxt?«

»Er kann es versuchen – aber natürlich nur, wenn die Telefonleitung frei ist.«

Aufgebracht über den Ton ihrer Schwester sprach Sarah kurz mit Jim und legte dann auf. »Er wird es mir in einer Stunde faxen«, teilte sie Corinne steif mit. »Das Telefon gehört jetzt ganz dir. Viel Vergnügen.« Sarah sah im Kühlschrank nach, fand aber nichts, was sie interessierte. Als sie sich wieder Corinne zuwandte, durchsuchte ihre Schwester gerade ihre Aktentasche. »Willst du jetzt telefonieren oder nicht? Denn ich habe noch andere Anrufe zu erledigen –«

»Ich suche nach meinem Modemkabel«, fuhr Corinne sie an. »Ich muss meinen Computer anschließen.« Sie riss das Kabel aus ihrer Aktentasche und murmelte: »Es ist schon schwer genug, wenn ich nicht gleichzeitig mit meinem Kunden telefonieren und online gehen kann. Vermutlich macht das aber sowieso nichts. Vermutlich bin ich bereits gefeuert, weil ich keine blöde Telefonleitung bekommen konnte.«

»Du hättest fragen können«, meinte Sarah.

»Nein, das konnte ich nicht«, antwortete sie ihr. »Du warst zu sehr damit beschäftigt, den Drucker anzuschreien. Du hättest mich gar nicht hören können.«

»Du vergeudest jetzt nur Zeit. Na los, schließ deinen geliebten Computer doch endlich an, um Himmels willen.« Sarah sah mit gepressten Lippen zu, wie Corinne die Tasten drückte. Dunkle Ringe lagen unter ihren Augen. Sarah fragte sich, ob sie in der vergangenen Nacht wohl geschlafen hatte. Sarah war mehrmals in der Nacht wach geworden und hatte Geräusche im Wohnzimmer gehört. Hatte Corinne vielleicht die ganze Nacht durchgearbeitet?

Es tat ihr Leid, dass sie ihrer Schwester so zugesetzt hatte. »Möchtest du eine Tasse Kaffee?«

Überrascht sah Corinne auf. »Ja, ich könnte einen gebrauchen.«

»Warum hast du letzte Nacht nicht geschlafen?«

Corinne tippte weiter und schüttelte den Kopf. »Ich habe mir zu viele Sorgen um diese Website gemacht. Ich finde einfach nicht heraus, was falsch läuft. Die Kunden können einkaufen, aber sie können nicht bezahlen. Und bei dem Versuch, das in Ordnung zu bringen, habe ich aus Versehen etwas Wichtiges gelöscht. Wenn die Leute vorher schon sauer waren, dann sind sie jetzt außer sich.«

»Aber du hast doch noch zwei andere Geschäfte, richtig?«

»Diese anderen Geschäfte bringen Peanuts im Vergleich zu dem hier. Und ich denke, ich kann es in Ordnung bringen, wenn ich es einfach aufrufe und sehe, ob es funktioniert.«

Sarah holte Corinne ihren Kaffee, dann ließ sie sie allein, damit sie arbeiten konnte. Sie holte ihren Notizblock, auf dem sie gern ihre Listen aufstellte, und nahm ihn mit hinaus auf die Veranda, um ihre Schwester nicht zu stören. Sie notierte sich alles, was sie tun wollte, sobald ihre Schwester die Telefonleitung freigab. Vielleicht sollte sie zu einer Telefonzelle fahren, ein paar Anrufe erledigen und sich um ein paar Dinge kümmern, dann würde sie nicht mit ihrer Schwester aneinander geraten. Doch ihre Mutter würde bald zurückkommen, und sie wollte nicht weg sein, wenn sie kam. Ihre Mutter war schon melancholisch genug gewesen, als sie an diesem Morgen gegangen war.

Nach einer Weile ging sie wieder hinein und hörte Corinne mit dem Klienten telefonieren, um den sie sich solche Sorgen gemacht hatte. Es klang so, als hätte sie das Problem gelöst. Sarah hoffte, ihre Laune würde sich dadurch bessern.

Sobald Corinne aufgelegt hatte, griff Sarah nach dem Hörer. »Du willst doch jetzt nicht etwa telefonieren, oder?«, fuhr Corinne sie an.

Sarah erstarrte. »Eigentlich schon. Warum?«

»Weil ich darauf warte, dass sie zurückrufen, falls etwas schief läuft. Dies sind richtige Geschäfte, Sarah.«

Sarah verschränkte die Arme und blickte ihre Schwester empört an. »Und woraus genau besteht dieses ›richtige Geschäft‹? Etwa darin, dass du Geld für deine Arbeit bekommst?«

»Na ja, so ungefähr«, erwiderte Corinne. »Ich habe Rechnungen zu bezahlen und all das.«

Sarah sah zur Decke, als würde die Lösung dort zu finden sein. »Die Arbeit, die ich tue, mein Haushalt, meine Familie, das Literaturprogramm, die Arbeit in der Gemeinde, in der Schule und so weiter, ist also keine ›richtige‹ Arbeit, weil ich nicht dafür bezahlt werde, ja?«

»Wenn du deine Dinge nicht erledigt kriegst, hast du immer noch deinen Mann, der dir helfen kann. Ich habe einen solchen Menschen nicht. Ich habe Kunden, die sich darauf verlassen, dass ich meine Arbeit gut mache, und wenn ich das nicht tue, dann suchen sie sich andere Leute, die es können.«

Sarah stöhnte und machte sich auf den Weg zur Tür.

»Wo gehst du hin?«

»Ich suche mir eine Telefonzelle«, erklärte Sarah. »Ich muss mich auch um einige Dinge kümmern, ob ich nun dafür bezahlt werde oder nicht – ob nun irgendjemand auf dieser Welt dies zu schätzen weiß oder nicht. Ich bin eine Verpflichtung eingegangen, und die werde ich erfüllen. Wenn Mom kommt, sag ihr, ich käme zurück, sobald ich meine Anrufe erledigt hätte.«

Corinne hob ergeben die Hände. »Sie wird fragen, warum du nicht einfach von hier aus telefoniert hast!«

»Nun, dann kannst du es ihr ja erklären«, brüllte Sarah zurück und knallte die Tür hinter sich zu.

Sarah machte sich auf den Weg am Strand entlang auf der Suche nach einer Telefonzelle. Wenn sie weit genug in Richtung Stadt lief, würde ihr Handy vielleicht Empfang haben. Typisch ihre Mutter, einen so abgelegenen Ort zu wählen, wo es weder Geschäfte noch andere Häuser in der Nähe gab. Sarah fürchtete, sie würde lange laufen müssen, bevor sie Glück hatte. Aber bereits nach wenigen Schritten entdeckte sie den Mietwagen ihrer Mutter, der in die Einfahrt einbog. Sarah wartete, während ihre Mutter ausstieg und um das Haus herumkam.

»Sarah, wo gehst du hin?«

»Ich bin auf der Suche nach einem Telefon«, erklärte sie. »Vielleicht habe ich ja auch hier irgendwo Empfang für mein Handy.«

»Ist das Telefon im Haus kaputt?«

»Corinne will nicht, dass ich es benutze«, erwiderte sie. »Ihrer Meinung nach sind ihre Geschäfte wichtiger als meine Angelegenheiten, weißt du. Gehalt und so. Darum wollte ich am Strand entlanglaufen und eine Telefonzelle suchen.«

»Oh Sarah, komm ins Haus.«

»Mom, ich muss mich wirklich um ein paar Dinge kümmern.«

»Nun, dann nimm doch den Wagen und suche dir eine Telefonzelle, aber lauf nicht so ziellos in der Gegend herum wie ein Kind, das von zu Hause fortläuft.«

Wie ein gescholtenes Kind stieg Sarah die Treppe zur Veranda hoch und betrat das Haus, gefolgt von ihrer Mutter. Corinne sah von ihrem Computer auf mit dem Blick, den sie immer hatte, wenn sie dabei erwischt worden war, wie sie ihre Schwester ärgerte. »Hi, Mom.«

»Corinne, warum lässt du deine Schwester nicht das Telefon benutzen?«

»Sie das Telefon benutzen lassen?«, gab Corinne zurück. »Sie hat telefoniert, seit du gegangen bist. Ich habe hier herumgesessen, auf die Tasten eingehackt und mir auf die Zunge gebissen.«

»Ihr seid doch erwachsen«, ermahnte Maggie. »Ich weigere mich zu vermitteln, wie ich es früher immer getan habe.« Sie knallte einen Umschlag auf den Tisch. Die Fotos fielen heraus. »Ihr zwei könnt ruhig miteinander streiten, eure Telefonanrufe und Geschäfte erledigen, ich suche mir etwas anderes, um mich zu beschäftigen.« Damit ging sie in ihr Schlafzimmer und schloss die Tür hinter sich.

* * *

Da niemand in der Stimmung zu sein schien, zum Essen auszugehen, holte Sarah eine Dose Thunfisch und machte Sandwiches für sie. Für den Rest des Tages mieden sie einander. Maggie sah sich in ihrem Schlafzimmer alte Filme an, Corinne hing an ihrem Laptop, und Sarah rief dann und wann zu Hause an, um sicherzustellen, dass ihre freiwilligen Helfer vor dem Gebetstag alles Notwendige erledigten.

Am Nachmittag machte Corinne eine Pause und sah sich die Schnappschüsse an, die ihre Mutter am Morgen gemacht hatte. »Die sind schrecklich«, sagte sie. »Kein Wunder, dass Mom so aufgebracht ist.«

Sarah kam an den Tisch und warf einen flüchtigen Blick darauf. »Ich sehe aus wie der Tod. Was hat sie um sieben Uhr morgens erwartet?«

»Es ist nicht die Tageszeit«, wandte Corinne ein. »Keiner von uns war mit dem Herzen dabei.«

»Nun, beim Fotografieren bin ich nie mit dem Herzen dabei. Das ist nicht gerade meine Lieblingsbeschäftigung.«

»Aber dazu hat Mom uns doch hergeholt«, meinte Corinne. »Wir hätten uns etwas mehr Mühe geben sollen.«

»Wir können uns morgen mehr Mühe geben«, meinte sie. »Ich glaube, heute war sowieso nicht unser Tag.«

Corinne ging zum Fenster und blickte zur Küste. Die Wolken hingen tief über dem Wasser und ein scharfer Wind peitschte das Meer auf. Zornige, schäumende Wellen brachen sich am Strand. Sie wusste, dass ihre Mutter in ihrem Schlafzimmer genauso zornig war. Sie hasste sich selbst dafür, dass sie dazu beigetragen hatte, aber sie wusste nicht, wie sie es in Ordnung bringen sollte. Außerdem würde ihre Mutter darüber hinwegkommen. Morgen konnten sie alles richtig machen. Wie Sarah gesagt hatte, morgen konnten sie noch einmal von vorn anfangen.

An diesem Nachmittag zog ein Gewitter auf und es regnete stundenlang. Corinne nutzte diese Zeit zum Ausruhen, da sie in der vorhergehenden Nacht nicht besonders gut geschlafen hatte. Sarah löste einige Krisen per Telefon und leistete ihrer Mutter dann beim Fernsehen Gesellschaft.

Am Abend klingelte mehrmals das Telefon. Die Anrufe waren entweder für Corinne oder für Sarah. Bei jedem Klingeln des Telefons schien Maggie distanzierter zu werden. Schließlich behauptete sie, müde zu sein, und ging früh zu Bett. Auch die anderen zogen sich nacheinander zurück. Beide waren der Meinung, dass dieser Tag nicht besonders gelaufen war, hofften, dass der Regen am folgenden Tag aufhören würde und die Wolken weiterziehen würden und dass dann alles besser werden würde.

Das Gewitter hatte die ganze Nacht gewütet, und Maggie hatte Probleme, wieder einzuschlafen. Der Donner krachte und die Wellen wurden an die Küste gepeitscht. Vielleicht war das ein Zeichen. Zu Hause, bevor sie hergekommen war, hatte sie einen solchen Frieden empfunden. Sie hatte sich etwas vorgemacht und gedacht, der Friede würde von ihr einfach so auf ihre Kinder übergehen, sie würden spüren, dass sich etwas geändert hatte. Aber die Mädchen waren zu sehr in ihren eigenen Problemen gefangen. Sie konnte es kaum ertragen, sie noch länger hier eingekerkert zu halten, wo sie gar nicht sein wollten.

Vielleicht war alles ein Fehler gewesen.

Sie wartete, bis die Dämmerung anbrach, dann traf sie eine Entscheidung. Sie würde sie von diesem Urlaub entbinden. Wenn sie nach Hause fahren wollten, konnten sie das tun. Sie würde ihnen sogar helfen.

Sie ging in Sarahs Schlafzimmer. Ihre Tochter schlief noch tief und fest. Leise und vorsichtig, um sie nicht aufzuwecken, bewegte sie sich im Zimmer, zog Schubladen auf und begann, Sarahs Sachen in ihren Koffer zu packen. Während sie Schuhe, Unterwäsche und Toilettenartikel zusammensuchte, begannen die Tränen zu fließen. Sarah hatte nicht viel mitgebracht, weil Maggie ihr beigebracht hatte, mit leichtem Gepäck zu reisen. Aber wenn bereits alles gepackt war, würde Sarah keinen Augenblick mehr warten müssen, um nach Hause zu fahren.

Als sie mit Sarahs Sachen fertig war, ging sie in Corinnes Zimmer und packte auch ihre Sachen zusammen. Dann setzte sie sich in die Küche und trank ihren Kaffee. Nachdenklich starrte sie hinaus auf das aufgewühlte Meer. Es war so majestätisch, dachte sie, wie die Sonne aufging und den Himmel rosa färbte. In diesen wütenden Wellen lag so viel Kraft – doch Maggie selbst fühlte sich so klein und schwach. Was würde sie tun, wenn ihre beiden Töchter fort waren? Sollte sie auch packen und abreisen, oder vielleicht doch bleiben und versuchen, die Stille zu genießen?

Vermutlich würde sie das allein gar nicht schaffen.

Sie erhob sich und trat näher an das Fenster. Hinten am Horizont trieb ein einsames Segelschiff. Es glitt langsam durch das Wasser, als hätte es keine Eile. Sie fragte sich, ob es das Gewitter wohl gut überstanden hatte oder ob es darauf gewartet hatte dass es vorbeizog.

Wie sehr wünschte sie ihren Töchtern diese Ruhe.

Es dauerte nicht lange, bis sie Sarah in ihrem Schlafzimmer rumoren hörte. Vermutlich suchte sie nach ihren Sachen. Nach einer Weile kam sie zur Tür und sah heraus.

»Mom?«

Maggie wandte sich vom Fenster um. »Guten Morgen.«

»Morgen«, erwiderte Sarah. »Ich habe meine Sachen gesucht. Hast du sie zusammengepackt?«

»Ja, das habe ich.« Maggie wandte sich dem Segelschiff wieder zu, das noch immer in den Wellen schaukelte.

»Aber Mom!«

Sie hörte, wie Corinne ebenfalls die Tür öffnete und ins Wohnzimmer herauskam. »Sie hat auch meine Sachen zusammengepackt«, erklärte sie an Sarah gewandt. »Mom, was ist denn los?«

Maggie wandte sich ihren zerzausten, noch verschlafenen Töchtern zu und versuchte mühsam, die Tränen zu unterdrücken. Sie konnte es. Sie würde ihre stoische Fassade wahren, wie so oft, als die Mädchen aufgewachsen waren, ihre Fassade, die dazu beigetragen hatte, dass sie zu dem geworden waren, was sie heute waren. »Ich habe beschlossen, euch beide abreisen zu lassen«, verkündete sie. »Es hat keinen Zweck, euch hier gefangen zu halten. Eure Flugtickets können umgebucht werden, und falls es Probleme gibt, werde ich die Differenz übernehmen.«

»Nach Hause?«, fragte Sarah. »Warum? Wir sind doch erst zwei Tage hier.«

»Nun, ich denke, ihr braucht keine fünf weiteren Tage wie diese beiden«, erwiderte Maggie. »Wir wollen uns den Tatsachen stellen. Das Experiment ist fehlgeschlagen.«

Corinne lehnte sich gegen die Wand. Sie wirkte verschlafen und verwirrt. »Experiment? Mom, es war doch ein Urlaub.«

»Nein, das war es nicht«, widersprach Maggie. »Das war kein Urlaub. Ihr habt keine Zeit für einen Urlaub.« Leider war sie nicht in der Lage, ihre Emotionen unter Kontrolle oder ihre Stimme gleichmütig zu behalten. »Da sind Cornflakes und Milch. Aber ihr braucht nicht zu warten. Ich kann euch auch sofort zum Flughafen bringen. Ich habe sogar die Abflugzeiten erfragt. Sie liegen dort drüben auf dem Tisch.«

Keine ihrer Töchter machte Anstalten, sich die Flugzeiten anzusehen. Maggie suchte erneut den Horizont ab und fand das Segelboot. Sie fragte sich, wer da wohl so früh schon auf dem Meer war. Hatte diese Person Kinder, die es schafften, sich ziellos über das Meer treiben zu lassen? Hatte sie ihnen diesen Frieden vermittelt oder hatte sie erkannt, dass es bereits zu spät war?

»Mom, wir wollen nicht nach Hause«, sagte Sarah.

»Nein«, stimmte Corinne zu. »Wir möchten bleiben. Wir möchten mit dir zusammen sein.«

Maggie begann zu lachen. Sie wandte sich zu ihren Töchtern um und sagte: »Jetzt hört aber auf.«

Sarah warf Corinne einen verächtlichen Blick zu, den Corinne zurückgab.

Sarah begann zu weinen. »Mom, es tut mir so Leid, dass ich die Woche verdorben habe«, schluchzte sie. »Ich hatte nur so vieles im Kopf. Es war wirklich ein schlechter Zeitpunkt für mich.«

Maggie zog einen Stuhl hervor und setzte sich an den Tisch. Die Schachtel mit den alten Fotos, von denen sie gehofft hatte, sie würden sie in Fotoalben einkleben, stand mitten auf dem Tisch. Sie wischte sich die Tränen fort, zog die Schachtel zu sich heran und kippte sie aus. Sie durchwühlte die Fotos, bis sie das Foto fand, das sie geknipst hatte, als die Mädchen drei und acht waren. Sie waren so süß, so unschuldig. Und damals war noch Frieden und Freude in ihren Gesichtern zu finden.

»Wann hat sich das geändert?«, fragte sie laut.

»Was denn?«, fragte Sarah.

»Alles«, erwiderte sie. »Seht euch diese Bilder an. Seht euch eure Gesichter an.« Sie griff nach den Fotos, die sie gestern geknipst hatte, und hielt sie daneben. »Was ist passiert?«

Sarah zog sich ebenfalls einen Stuhl hervor und setzte sich. »Wir sind erwachsen geworden, Mom. Wir haben Pflichten. Damals brauchten wir noch keine Entscheidungen zu treffen. Wir brauchten nicht nützlich zu sein.«

»Das ist es«, warf Maggie ein. »Nützlich. Genau das habe ich euch beigebracht, nicht? Ich habe euch gelehrt, mehr als das Normale zu erreichen und wie man Leistung bringt. Aber ich habe keiner von euch beigebracht, wie man glücklich ist.«

Corinne fing Sarahs Blick auf und ließ sich langsam auf den Stuhl neben ihre Mutter sinken. »Mom, ich bin glücklich«, sagte sie, obwohl ihr Tonfall ihre Worte Lügen strafte. »Sarah doch auch, nicht, Sarah?«

»Natürlich, Mom.«

»Seht mal, genau das ist es«, sagte Maggie und nahm ihre Hände. »Ihr beide haltet euch für glücklich. Wirklich. Ihr kennt es nicht anders. Aber die Art, wie ihr beide immer aufeinander losgeht, die Sorge auf euren Gesichtern, diese Unfähigkeit zu entspannen.« Sie sah von einer zur anderen. »Wisst ihr, manchmal denke ich, wenn ich nicht wäre, würdet ihr euch überhaupt nicht mehr sehen. Ihr würdet nicht einmal mehr in eurem Leben miteinander in Verbindung treten.«

»Das stimmt doch nicht«, protestierte Sarah.

»Und wenn ich nicht mehr da wäre?«, fragte Maggie Corinne. »Würdest du Sarah besuchen fahren? Würdest du ihre Kinder kennen lernen? Oder würdest du dich vollkommen zurückziehen und versuchen, ohne irgendwelche

Hinweise auf deine Vergangenheit, deine kleine Familie, weiterzuleben?«

»Natürlich würde ich Sarah besuchen, wenn sie mich einladen würde«, meinte Corinne schwach, aber Maggie wusste, dass sie es nicht so meinte.

»Natürlich würde ich dich einladen«, behauptete Sarah. »Warum sollte ich dich nicht einladen? Du bist doch meine Schwester.«

Maggie schüttelte den Kopf. »Nein, ich denke, die Familie würde auseinander gerissen. Es bliebe nicht viel übrig. Nicht von dieser Familie hier, die wir repräsentieren. Es gibt zu viel Zorn, zu viel Verärgerung.«

Sie sah ihre jüngere Tochter an. Ihr verletzlicher Gesichtsausdruck ließ sie um Jahre jünger aussehen, als sie war. »Ich weiß nicht, warum du all diese Jahre lang so zornig auf Sarah gewesen bist, Corinne. Und Sarah, ich weiß nicht, warum du so verbittert gegen Corinne gewesen bist. Vielleicht ist es nur eine Reaktion. Ich weiß nicht, was es ist. Aber ich habe wirklich nicht die Energie, das alles herauszufinden. Ich möchte, dass ihr beide heute nach Hause fahrt. Ihr könnt eure Koffer nehmen, in den Mietwagen steigen und zum Flughafen zurückfahren.«

Corinne begann nun ebenfalls zu weinen und legte ihre Stirn auf ihre Faust. »Ich werde nicht abreisen, Mom.«

Maggie tätschelte ihr die Schulter. »Doch, das wirst du. Und das ist in Ordnung, Corinne. Es ist meine Idee.«

»Aber ich werde nicht fahren«, wiederholte Corinne. »Ich bleibe. Ich sagte, ich würde kommen, und ich werde mein Wort auch halten. In dieser Familie werden Versprechen doch immer eingehalten, nicht?«

»Das ist auch etwas, das ich euch beigebracht habe.«

Sarahs Frustration zeigte sich in ihren Augen. »Das ist eine gute Sache, Mom.«

»Ja, es ist gut«, erwiderte sie, »aber ich habe es nur so oft betont, um die Unfähigkeit eures Vaters herauszustreichen, seine Versprechen zu halten. Auf diese Weise habe ich ihn schlecht gemacht. Und jetzt halten wir alle unsere Versprechen, selbst wenn es uns umbringt. Wir kommen unseren Pflichten nach, selbst wenn sie keinen Sinn machen. Und dabei konzentrieren wir uns auf die Verpflichtungen und nicht auf die Freude, die sie uns oder jemand anderem bringen. Weil sie uns keine Freude bringen.« Sie drückte die Hände ihrer Mädchen und sah durch die Verandatüren hinaus auf das Meer. Das Boot war noch immer da. Es schwankte im Rhythmus der Wellen. »Ich möchte so sein«, flüsterte sie. »Dort draußen, ohne Ziel. Keine Eile, keine Telefonate, keine Termine. Aber das kann euch Mädchen nicht glücklich machen. Und ich möchte diese Woche nicht zu einer weiteren freudlosen Verpflichtung machen.«

Unter Tränen betrachtete Sarah das Boot, das ihr vorher gar nicht aufgefallen war. »Ich werde auch nicht abreisen«, verkündete sie. Sie sah ihre Schwester fest an, als würden sie einen Pakt schließen.

Mit gepresster Stimme sagte Corinne: »Mom, ich hoffe, du kannst mir mein Verhalten verzeihen. Und Sarah, ich weiß, es hat den Anschein, als würde ich nicht viel von dir halten, aber das stimmt nicht. Ich denke viel an dich. Das war schon immer so. Du warst die Hübsche, die Kluge. Ich habe immer in deinem Schatten gestanden. Alle Lehrer kannten dich. Du hast einen großartigen Mann, ein wunderschönes Zuhause. Du hattest als Erste Kinder und ein so erfülltes Leben. Es ist so ganz anders als meins. Und ich gestehe ... ich bin ein wenig eifersüchtig.«

Sarah blickte sie fassungslos an. Corinnes Blick wanderte zu ihrer Mutter. »Mom weiß das schon lange. Sie hat es angesprochen und ich habe es geleugnet. Aber in Wahrheit bin ich sehr, sehr eifersüchtig auf dich, Sarah. Ich möchte haben, was du hast, aber es scheint für mich nicht bestimmt zu sein.«

»Was ich habe?«, fragte Sarah. »Corinne, du machst wohl Witze. Sieh dich doch an. Du wiegst noch immer so viel wie damals bei deinem Schulabschluss. Du bist noch so jung und hübsch. Bei dir hat das Leben noch keine Spuren hinterlassen wie bei mir. Meinem Körper sieht man deutlich an, dass ich zwei Kinder habe und ich schaffe es einfach nicht abzunehmen.«

»Du brauchst doch gar nicht abzunehmen«, wandte Maggie ein.

»Also, ich wiege jetzt mehr als damals in der Highschool«, erklärte Sarah. »Und ich wünschte, es wäre anders. Wenn ich Corinne sehe, denke ich immer, wie frei sie ist. Sie muss sich nicht mit so vielen Kleinigkeiten herumplagen wie ich.« Sie hielt die Hand hoch, um Corinnes Protest im Keim zu ersticken. »Und ich will damit keinesfalls deine geschäftlichen Unternehmungen herunterspielen, Corinne. Ich beneide dich, weil du alle deine Träume verwirklichen kannst. Ich habe noch nie erlebt, dass du irgendeinen Plan nicht in die Tat umgesetzt hättest.«

»Ach komm«, protestierte Corinne. »Das klingt ja so, als sei ich die Supergeschäftsfrau.«

Sarah schüttelte den Kopf. »Nein, du stellst das so dar. Ich stimme dir nur zu.«

»Das ist aber eine Lüge«, gestand Corinne. »Ich bin durchaus keine Supergeschäftsfrau. Um ehrlich zu sein, ich kann meine Rechnungen kaum bezahlen. Manchmal muss ich ein paar Monate hintereinander meine Miete per Kreditkarte zahlen. Ich arbeite so hart, weil ich keine andere Wahl habe. Ja, es ist tatsächlich befriedigend, wenn man Erfolg hat, aber die Wahrheit ist, ich muss auch leben können, und darum habe ich so schreckliche Angst, diesen Kunden zu verlieren. Mein ganzes Geschäft könnte untergehen, wenn er abspringt. Und ich bin gestresst und schrecklich erschöpft. Ich leide ständig unter Schlaflosigkeit. Ich bin in diesem endlosen Kreislauf gefangen, arbeite im Internet, führe Hunde aus und organisiere Schmuckpartys. Und ihr fragt euch, warum ich keine Beziehungen habe? Nun, wie sollte ich? *Wann* hätte ich Zeit dafür? Und wer würde Zeit mit einer Frau verbringen wollen, die bis über die Ohren in Schulden steckt, die nie mit ihrem Geld hinkommt und nicht einmal die Zeit erübrigen kann, eine anständige Mahlzeit zu sich zu nehmen?«

Maggie lehnte sich auf ihrem Stuhl zurück. »Nun, wenigstens kommen wir jetzt weiter«, sagte sie. »Corinne, weißt du, dass ich mich fast mein ganzes Leben lang so gefühlt habe wie du? Nicht jeder von uns kann ein Leben führen wie Sarah.«

Sarah schlug mit der Handfläche auf den Tisch. »Hört auf damit! Ein Leben wie Sarah? Wenn ihr wüsstet.« Sie sprang auf und lief mit verschränkten Armen um den Tisch herum. Sie ging zu den Verandatüren und blickte mit stumpfen Augen hinaus. »Um ehrlich zu sein, einer der Gründe, warum ich so oft zu Hause anrufe, ist der, dass Jim kaum mit mir spricht und ich versuche, die Dinge wieder ins Lot zu bringen.«

»Er spricht nicht mit dir?«, fragte Maggie. »Was ist denn los?«

»Ich weiß es nicht so genau. Ich bin zu bestimmend und ich beklage mich die ganze Zeit. Er hat die Nase voll, fürchte ich. Meine Ehe ist in Gefahr. Meine Kinder hassen mich, weil ich ihnen nicht Kuchen zum Abendessen gebe und jeden Abend eine Party organisiere. Und mit diesem Gebetstag und dem Literaturprogramm versuche ich, meinen Wert zu beweisen. Das sind Dinge, die ich kann und gut mache. Dafür werde ich gelobt, denn zu Hause bekomme ich wenig Anerkennung. Ich habe mir immer Anerkennung von dir gewünscht, Mom, und von Dad, wo immer er sein mag. Aber die Wahrheit ist, je härter ich arbeite, desto weniger geachtet fühle ich mich. Und wenn ich nur einmal versage, wenn ich den Ball fallen lasse, werden alle in meinem Leben ...« Ihre Stimme verklang.

»Was denn?«, hakte Maggie nach.

»Einfach verschwinden«, sagte sie gepresst. »Sie werden einfach aufstehen und gehen.«

»Sarah!«, rief Corinne. »Deine Kinder werden dich doch nicht verlassen.«

»Auch Jim nicht«, wandte Maggie ein.

»Ich weiß nicht«, sagte sie und wandte sich dem Fenster wieder zu. »Ihr habt ihn gestern Abend am Telefon nicht gehört, als er ihnen Kuchen zum Abendessen gegeben hat und sie gelacht und gefeiert haben. ›Ding, dong, die Hexe ist tot.‹«

»Ach, so war es bestimmt nicht, Liebling«, tröstete Maggie. »Sie hatten einfach nur Spaß mit ihrem Dad.«

»Mit ihrem Dad ohne mich«, meinte sie. »Und wo stehe ich dann? Was mache ich, wenn ich nach Hause komme? Lasse ich jetzt meine ganze Verantwortung als ihre Mutter außer Acht und lasse sie tun und machen, was sie wollen, damit sie mich für eine tolle Mutter halten?« Sie wandte sich Corinne wieder zu. »Es ist nicht, wie du glaubst. Mein Leben ist nicht perfekt. Ganz und gar nicht perfekt. Um ehrlich zu sein, wenn ich es schaffe, die Sache mit Jim wieder in Ordnung zu bringen und ein Lächeln auf sein Gesicht zu zaubern, wenn er mich ansieht, dann ist das ein Wunder, weil ich mich nicht mehr an das letzte Mal erinnere, wo das passiert ist. Dieses Lächeln habe ich schon lange nicht mehr gesehen.«

Die Tränen liefen ihr die Wangen hinunter und Maggie und Corinne starrten sie beide fassungslos an. Als hätten sie beide gleichzeitig dieselbe Idee, standen sie auf und legten ihre Arme um sie. Es war die erste richtige Familienumarmung, die sie seit langer Zeit hatten. Sie klammerten sich aneinander, Schwester an Schwester, Mutter an Tochter, und weinten über die hässlichen Dinge, die sie mit hierher gebracht hatten.

»Ich möchte nicht nach Hause fahren, Mom«, schluchzte Sarah. »Ich möchte erleben, was du mich hier so gern erleben lassen wolltest.«

»Ich auch«, stimmte Corinne zu. »Wir wollen bleiben, Mom.«

Ihre Tränen waren wie heilender Balsam für Maggie. »In Ordnung«, sagte sie schließlich. »Wenn ihr bleibt, weil ihr bleiben wollt, und nicht, weil ihr den Eindruck habt, ihr müsstet.«

»Wir wollen«, sagte Sarah.

»Versprochen«, stimmte Corinne zu.

Nachdem sie fertig ausgepackt hatten, begann es wieder zu regnen. Sie gingen auswärts frühstücken, und Maggie bestand darauf, dass keine Kalorien gezählt wurden, dass sie aßen, worauf sie Lust hatten, und so viel sie wollten. Als sie zurückkamen, begannen sie, die mitgebrachten Fotos nach Jahren zu sortieren.

Und während sie das taten, traten die Kurven in der Straße deutlicher zu Tage.

13

Maggie beobachtete, wie Corinne den Schnappschuss in ihrer Hand betrachtete: Ihre Mutter und ihr Vater mit achtzehn oder neunzehn. Auf dem Bild trug Maggie einen kurzen Schleier und ein weißes Kostüm. In den Händen hielt sie einen Blumenstrauß. Corinnes Vater stand neben Maggie und sah in seinem Hochzeitsanzug sehr gesetzt und stolz aus. Maggie schüttelte den Kopf. Da sie nun wusste, wie ihr weiteres Leben verlaufen war, konnte sie kaum glauben, dass sie sich jemals geliebt hatten.

»Was hast du da?«, fragte Sarah. »Ach sieh nur, Mom, deine Hochzeit. Ich wusste nicht, dass du noch Fotos von Dad hast. Ich dachte, du hättest bei allen seinen Kopf ausgeschnitten.«

Maggie verzog das Gesicht. »Ein paar habe ich behalten, versteckt.«

»Warum?« Corinnes Frage war ernst gemeint. »Du hast ihn so gehasst.«

»Ich habe ihn nicht gehasst«, erwiderte Maggie. Als sie ihre ungläubigen Blicke bemerkte, wurde ihr klar, dass sie um die Wahrheit nicht herumkam. »Also gut, ich habe ihn gehasst. Aber jetzt nicht mehr.«

»Es ist leicht, einen Menschen nach seinem Tod nicht mehr zu hassen«, meinte Sarah.

»Ja, es ist leicht zu vergeben, wenn der Mensch nicht mehr da ist, um dich auf die Probe zu stellen«, gestand Maggie. »Aber glaubt es oder nicht, ich bedaure zutiefst, dass ich mir gestattet habe, ihn zu hassen, und dass ich euch meinen Hass so deutlich gezeigt habe.« Maggie betrachtete Corinnes weichen Gesichtsausdruck, während sie das Bild ihres Vaters anstarrte. »Vielleicht hätte ich ihn vor euch wie einen abwesenden Helden dastehen lassen sollen. Vielleicht hätte ich euch Mädchen eure Fantasien über ihn lassen sollen.«

»Mom, wir hätten die Wahrheit schließlich doch erkannt«, flüsterte Sarah. »Als er uns nur zum Geburtstag und zu Weihnachten angerufen hat. Als er über seine Stiefkinder sprach, als wären sie sein eigen Fleisch und Blut, und nicht wir. Als er nicht den Wunsch verspürte, uns zu sehen oder irgendetwas über uns zu erfahren.«

»Und du warst so verletzt«, erklärte Corinne. »Du hast dein Bestes getan, Mom. Du hattest Grund, verbittert zu sein.«

»Vielleicht«, erwiderte Maggie. »Aber die Bitterkeit hat mir geschadet, nicht ihm. Wenn ich ihm vergeben hätte, hätte ich weitermachen können. Und euer Leben wäre anders verlaufen. Als euer Dad mich verlassen hat, hat mich das angespornt, ihm und allen anderen zu zeigen, dass ich jemand sein kann, weil ich mich wie jemand *fühle*. Ich wollte allen zeigen, dass ich produktiv und wertvoll bin.«

Sie durchsuchte die Fotos, bis sie einen Umschlag mit Bildern fand, die sie zwei Jahre zuvor in Israel geschossen hatte. Sie zog das Foto von ihrer Taufe im Jordan heraus. Damals war sie für eine Reisezeitschrift nach Israel geflogen und hatte einige der Sehenswürdigkeiten fotografiert, die sie mit der Reisegruppe besichtigt hatte.

»Wisst ihr, erst auf dieser Reise vor einigen Jahren habe ich endlich verstanden, was Nützlichkeit bedeutet.« Sie stand auf, ging um den Tisch herum und beugte sich über ihre beiden Töchter, damit sie mit ihr gemeinsam das Foto betrachten konnten. Der Pastor, der die Reisegruppe geführt hatte, hatte sie im Wasser getauft, genau so wie Jesus es getan hatte.

»Als ich in dem Land war, in dem Jesus gelebt hatte, und die Dinge sah, die er auch gesehen hatte, kam ein unbeschreiblicher Friede über mich. Damals setzte sich bei seiner Taufe diese Taube auf seinen Kopf und Gottes Stimme ertönte: ›Dies ist mein lieber Sohn, an dem ich Wohlgefallen habe.‹ Genau das empfand ich – als hätte sich die Taube auf mich gesetzt und mich von all den Dingen gereinigt, die in meinem Leben passiert waren. Und endlich konnte ich in seinem Frieden ausruhen. Aller Zorn und alle Bitterkeit verschwanden.«

»Das ist schön, Mama«, flüsterte Corinne. »Aber du bist doch schon immer ein guter Christ gewesen.«

»Auf dieser Reise ist irgendetwas geschehen. Ich begriff. Seid ihr in eurem Leben jemals in eine Berglandschaft gekommen, und ihr wusstet nicht, ob dahinter ein Tal oder ein weiterer Felsen ist? Ob ihr herunterfallen werdet oder einen weiteren Berg erklimmen müsst?«

Sarah betrachtete sie. »Hast du eine solche Berglandschaft hinter dir, Mom?«

Sie begegnete den Blicken ihrer Töchter und überlegte, ob der richtige Zeitpunkt jetzt gekommen war. Sie fühlte sich noch nicht bereit, aber Sarahs Frage konnte nicht ignoriert werden.

Corinne sah auf. Maggie wusste, dass ihr Schweigen die Frage bereits beantwortete. Schließlich zog sie ihren Stuhl heran und setzte sich zwischen sie. Beide wandten sich ihr abwartend zu. »Heute ist der Tag der Bekenntnisse«, begann sie. »Sarah hat ihre Eheprobleme eingestanden, Corinne hat gestanden, dass sie kaum ihren Lebensunterhalt verdient. Also Mädchen, dann ist jetzt wohl Zeit für mein Geständnis.«

»Du bist eifersüchtig auf uns beide?«, fragte Corinne halb lächelnd.

Maggie lächelte, aber ihre Augen begannen zu funkeln. »Nein, Liebling, das ist es nicht«, erwiderte sie. »Mein Geständnis betrifft den eigentlichen Grund, warum ich euch gebeten habe, diese Woche mit mir hier zu verbringen.«

Die Mädchen sahen sie erwartungsvoll und etwas unbehaglich an.

»Vor etwas über einem Jahr«, begann sie, »wurde bei mir Eierstockkrebs festgestellt.«

Die beiden Frauen versteiften sich, ihr Gesichtsausdruck veränderte sich. »Ausgeschlossen!«, rief Corinne.

»Mom, das hättest du uns doch nicht verheimlicht«, warf Sarah ihr vor.

»Hört zu«, erwiderte Maggie. Es kostete sie große Mühe, mit ruhiger Stimme weiterzusprechen. »Zuerst hatte ich keinerlei Beschwerden. Der Tumor wurde bei einer Routineuntersuchung entdeckt. Ich hatte eine Operation und alles war prima.«

»Eine Operation? Mom, du hast uns nie davon erzählt –«

»Die Ärzte waren der Meinung, sie hätten alles erwischt«, unterbrach Maggie sie. »Doch dann haben sich Metastasen in meinen Lymphknoten und in der Lunge gebildet. Und auch in meiner Niere – und der Bauchspeicheldrüse.«

Sarah sprang auf und presste die Hand an die Stirn. Corinne sah aus, als würde sie jeden Augenblick ohnmächtig. »Mom, nein!«, schrie Sarah.

Maggie drückte ihre Hand. »Hört einfach zu. Lasst mich zu Ende reden.«

»Mom, wirst du sterben?«, platzte Corinne heraus.

Darauf konnte Maggie nicht antworten. Noch nicht. »Liebes, ich habe über ein Jahr Chemotherapie hinter mir. Mehrere unterschiedliche Behandlungen.«

»Chemotherapie?«, fragte Corinne, die sich langsam erhob und zu ihrer Schwester gesellte, als könnte sie das nicht alleine anhören. »Mom, warum hast du uns nichts davon erzählt? Warum hast du dir von uns nicht beistehen lassen?«

»Ich hatte Freunde, die mir beigestanden haben«, fuhr sie fort, »und ich wollte euch nicht beunruhigen. Ich war sicher, die Chemotherapie würde helfen und den Krebs zerstören. Dann wäre ich wieder gesund. Darum habe ich auch nicht allzu stark protestiert, als ihr im vergangenen Jahr zu Weihnachten abgesagt habt. Mein Haar war ausgefallen, und ich wollte nicht, dass ihr mich so seht. Ich wusste, wenn ihr es herausgefunden hättet, hättet ihr euch zu viele Sorgen gemacht.«

Sarah legte die Hand auf die kurzen Haare ihrer Mutter. »Darum ist dein Haar so kurz?«

Maggie legte ihre Hand auf die ihrer Tochter. »So langsam wächst es wieder.«

Sarahs Gesicht verzerrte sich und sie warf die Arme um sie. »Ach, Mom!« Corinne legte ihre Arme um Mutter und Schwester. Maggie spürte, wie aufgewühlt beide waren.

»Aber die Chemo hat den Krebs doch zerstört, nicht?«, fragte Corinne gepresst. »Ich meine, du brauchst ihn jetzt nicht mehr zu bekämpfen? Du bist wieder gesund, nicht?«

Wie gern hätte Maggie ihnen gesagt, dass es ihr gut ginge, dass alles überstanden sei, hinter ihr läge und dass sie sich keine Sorgen mehr zu machen brauchten.

Aber das konnte sie nicht.

»Nein, Liebes. Die Chemotherapie hat nicht angeschlagen«, fuhr sie fort. »Und dann habe ich noch einige experimentelle Behandlungen hinter mir, aber der Krebs hat sich immer weiter ausgebreitet. Es sieht nicht gut aus.«

»Nein!« Corinne wich zurück. »Mom, du kannst doch nicht einfach aufgeben. Du kannst nicht aufhören, es zu versuchen!«

»Liebes, uns sind die Möglichkeiten ausgegangen. Der Krebs breitet sich zu schnell aus. Ich kann die falschen Hoffnungen nicht mehr länger aufrechterhalten. Es kommt ein Punkt, an dem man einfach nur noch müde ist und keine Lust mehr hat zu kämpfen. Wenn alle Möglichkeiten ausgeschöpft sind, dann kann man sich nicht mehr an falsche Hoffnungen klammern. Das ist der Punkt, an dem man an Gott übergibt. An dem man anfängt, sich nach ihm auszustrecken und nicht mehr nach einer Behandlungsmethode. Und man stellt fest, dass er die ganze Zeit da gewesen ist, es mit einem selbst durchlebt hat. Das gibt einem Frieden. Wenn meine Zeit gekommen ist, dann ist sie eben gekommen. Gott hat es von Grundlegung der Welt an gewusst. Was mir allerdings Sorgen macht, ist meine Beziehung zu euch und eure Beziehung untereinander. Darum wollte ich diese Woche mit euch gemeinsam verleben. Ich wollte einige Dinge in Ordnung bringen. Das ist mir sehr wichtig.«

»Mom, du wirst nicht sterben«, sagte Corinne. »Bitte sag uns, dass du nicht sterben wirst! Es muss doch noch einen anderen Weg geben. Es muss doch andere Ärzte geben.«

»Wir haben alles versucht, Corinne«, entgegnete sie. »Und offen gesagt, ich habe das Kämpfen so satt. Ich möchte nicht mehr krank sein. Ich vertraue Gottes Souveränität in dieser Sache.«

»Aber Gott hat uns doch die Medizin gegeben!«, weinte Sarah. »Mom, du musst eine zweite Meinung einholen. Du musst eine dritte Meinung einholen.«

»Mich haben schon so viele Ärzte abgeklopft und untersucht, dass ich einfach genug davon habe.« Sie stand auf und berührte Sarahs Schultern. »Liebes, es ist in Ordnung.«

»Es ist nicht in Ordnung!«, rief Sarah und schüttelte sie ab. »Es ist nicht in Ordnung, wenn meine Mutter mir sagt, sie würde sterben und man könnte nichts dagegen unternehmen! Das will ich nicht glauben. Ich werde es nicht glauben!«

»Ich auch nicht«, erklärte Corinne ebenso aufgebracht. »Mom, wir werden dagegen ankämpfen. Wir werden uns etwas überlegen und wir werden den Krebs besiegen. Du brauchst nur einen neuen Arzt. Du brauchst jemanden, der sich mit neueren Behandlungsmethoden auskennt.«

»Ich hatte sehr fortschrittliche Ärzte. Ich bin in der Mayo-Klinik gewesen und habe mit Ärzten gesprochen, die in mehreren Krankenhäusern im ganzen Land Versuche durchführen. Sie alle sind der Meinung, dass nichts mehr getan werden kann.«

»Aber sie können doch nicht einfach aufgeben!«, weinte Corinne. »Sie müssen es doch weiterversuchen, bis zu dem Tag ...«

Ihre Stimme verklang und Sarah schüttelte heftig den Kopf. »Oh nein, du wirst nicht sterben, Mom! Du wirst nicht sterben!«

Plötzlich fühlte sich Maggie so erschöpft wie nach einer Chemotherapie. Sie lehnte sich zurück und fuhr sich mit den Händen durchs Gesicht. »Ich möchte nicht gehen, bis ich weiß, dass ihr Frieden gefunden habt – nicht noch mehr Stress! Versteht ihr? Keinen Stress mehr. Ich habe euch gelehrt, in der Tretmühle zu laufen, und jetzt möchte ich euch zeigen, wie ihr daraus aussteigen könnt. Darum geht es in dieser Woche. Ihr sollt euch nicht um mich Sorgen machen.«

Sie hasste es, den Schmerz in ihren Gesichtern zu sehen. Sie wünschte, sie könnte ihn vertreiben. »Ach, kommt her.«

Beide beugten sich zu ihr herüber und klammerten sich an sie wie Kinder, denen grausam ihre Mutter entrissen werden soll.

»Es ist egal, was du sagst«, flüsterte Sarah. »Du wirst nicht sterben. Ich werde das nicht zulassen.«

Es würde eine Weile dauern, aber wenn der Augenblick gekommen war, sie loszulassen, würden sie hoffentlich bereit dazu sein.

Der Rest des Tages verlief angespannt und emotionsgeladen, aber weder Corinne noch Sarah versuchten, sich um die Angelegenheiten zu Hause zu kümmern. Sie widmeten ihrer Mutter ihre ungeteilte Aufmerksamkeit, obwohl es ihnen schwer fiel, die Freude vorzutäuschen, die sie so gern auf ihren Gesichtern sehen wollte, wenn sie sie fotografierte. Maggie bekam ehrliche Gefühle, aber nicht die, auf die sie gehofft hatte.

Als Maggie endlich zu Bett gegangen war, konnte Corinne sich nicht mehr länger beherrschen. Sie schob die Glastüren auf und eilte über den Sand zum Wasser. Sarah wartete einen Augenblick, dann folgte sie ihr. Auch sie hatte mit ihrem Schmerz zu kämpfen. Barfuß standen sie auf dem feuchten Sand, während das Wasser ihre Füße umspielte. Seite an Seite starrten sie mit tränenverhangenen Augen hinaus auf das aufgewühlte Meer.

Sarah legte den Arm um die Schulter ihrer Schwester. Sie konnte sich nicht mehr daran erinnern, wann sie das letzte Mal die große Schwester gespielt hatte. In den vergangenen Jahren waren sie nicht gut miteinander ausgekommen und zwischen ihnen hatte es nichts als Verachtung gegeben. Viel zu viel Rivalität und zu wenig geschwisterliche Liebe. Nach einem kurzen Augenblick erwiderte Corinne die Umarmung.

Es verging eine ganze Weile, dann ließ sich Sarah schließlich auf den feuchten Sand sinken. Es war ihr egal, dass ihre Jeans nass wurden und die Wellen mit ihren Füßen spielten.

Das Mondlicht schien hell auf das Wasser und ließ es wie eine Million Sterne funkeln. Sarah begann in den nassen Sand zu schreiben.

»Was schreibst du da?«, fragte Corinne.

»Ich mache eine Liste«, erwiderte sie. »Dinge, die wir morgen zu tun haben. Zuerst rufe ich einen Freund an, der Onkologe ist. Er kann mir Informationen über diese Art von Krebs geben. Vielleicht kann er sich die Aufzeichnungen von Moms Arzt beschaffen und überprüfen, ob sie das Richtige unternommen haben. Er weiß über die neusten Behandlungsmethoden Bescheid. Und falls es einen Ort gibt, wo wir sie hinbringen können, wo sie hingehen kann ...«

»Genau«, unterbrach Corinne sie. Sie verstand. »Und ich werde im Internet Informationen über diese Art von Krebs und alle möglichen Behandlungsmethoden suchen. Wir brauchen mehr Informationen. Viele Informationen. Die neusten Forschungsergebnisse, selbst wenn sie noch nicht in medizinischen Fachzeitschriften veröffentlicht sind.«

Sarah fügte dies ihrer Liste auf dem Sand hinzu. »Und dann werden wir in den Buchladen gehen und uns Bücher über Ernährung beschaffen. Ich glaube, Mom ernährt sich nicht richtig. Ich habe gehört, dass die Ernährung bei der Bekämpfung von Krebs eine große Rolle spielt.«

»Das stimmt«, bestätigte Corinne. »Wir könnten ins Reformhaus gehen. Ihr Vitamine beschaffen. Und sie muss unbedingt einen naturheilkundlichen Arzt aufsuchen.«

Sarah schrieb dies in den Sand.

»Vielleicht sollte Mom zu einer von uns ziehen. Wir könnten uns dann um sie kümmern. Vielleicht braucht sie eine weitere Operation. Was immer sie braucht, werden wir tun.«

Doch als Sarah diesen Punkt ihrer Liste hinzufügen wollte, schwappte eine große Welle über sie hinweg und durchnässte sie beide. Als das Wasser zurückrollte, betrachtete Sarah ihre Liste. Das Wasser hatte sie unleserlich gemacht. Tränen traten ihr in die Augen, während sie sich über ihre Hilflosigkeit klar wurde. »Sieh mich an«, flüsterte sie kaum hörbar. »Ich schreibe eine Liste in den Sand.«

Corinne starrte auf die Stelle, an der die Liste gestanden hatte. Der Sturm des vergangenen Tages hatte die Wolken vertrieben und an dem klaren Himmel über ihnen funkelten die Sterne.

»Wir müssen einfach Glauben haben«, flüsterte Sarah.

»Mom hat Glauben, aber sie stirbt trotzdem.«

»Aber ihr Glaube hat nicht versagt«, widersprach Sarah. »Sie hält trotzdem daran fest.«

»Aber Glaube an was?«, fragte Corinne. »Bestimmt nicht an ihre Heilung.«

»Nein«, flüsterte Sarah. »Sie scheint nicht einmal um Heilung zu beten.«

»Sie betet für uns.« Corinne wischte sich die Tränen vom Gesicht.

Sarah zog ihre Schwester näher an sich heran und hielt sie fest. Beide weinten, während sich die Wellen am Strand brachen und die Liste im Sand vollständig auswuschen.

15

Maggie erwachte von dem Geräusch von Stimmen vor ihrem Schlafzimmerfenster. Sie richtete sich auf und sah hinaus. Sarah saß auf der Veranda und telefonierte, und Maggie fragte sich, ob sie sich schon zu so früher Stunde mit Jim stritt. Sie sah auf die Uhr. Es war bereits sieben Uhr in der Früh. Normalerweise wachte sie gegen fünf Uhr auf, aber das offene Gespräch mit ihren Töchtern hatte sie erschöpft. In der vergangenen Nacht hatte sie tiefer geschlafen als in den Wochen zuvor.

Schnell zog sie sich an und ging in die Küche. Corinne saß an ihrem Computer und bearbeitete das Keyboard. Maggies Herz sank. »Ich dachte, du würdest heute nicht arbeiten«, meinte sie mit trauriger Stimme.

Corinne sah auf. Die dunklen Ringe unter ihren Augen verrieten, dass sie in dieser Nacht nur wenig Schlaf bekommen hatte. »Morgen, Mom.« Sie stand auf und umarmte ihre Mutter. »Wie geht es dir?«

Maggie winkte ab. »Gut. Ich habe wie ein Baby geschlafen.«

»Komm, setz dich. Ich hole dir eine Tasse Kaffee.«

»Ich kann mir selbst eine Tasse holen«, widersprach Maggie.

Corinne ignorierte sie, goss Kaffee in eine Tasse und kam damit zum Computer. »Übrigens arbeite ich nicht. Ich war gerade dabei, einige Nachforschungen zu machen.«

»Nachforschungen? Worüber?«

»Über die Art von Krebs, die du hast. Ich habe im Internet gesucht und herausgefunden, dass es in Duke einige bahnbrechende Ergebnisse in der Forschung gegeben hat. Du könntest die geeignete Person für das Forschungsprogramm sein.«

Maggie stellte die Kaffeetasse so fest auf den Tisch, dass sie etwas verschüttete. »Corinne, warum glaubst du mir nicht, wenn ich dir sage, dass ich bereits alle Möglichkeiten ausgeschöpft habe? Du weißt nicht, wie lange ich schon hinter diesem Hasen herjage.«

»Es ist kein Hase, Mom. Hier geht es um dein Leben! Es gibt immer wieder neue Erkenntnisse.«

»Corinne, ich habe nicht mehr die Energie für etwas Neues.« Sie nahm einen Schluck Kaffee und versuchte das Thema zu wechseln. »Mit wem telefoniert deine Schwester denn?«

Corinne wandte den Blick ab und begann erneut auf dem Keyboard zu tippen. »Mit niemandem. Ich weiß es nicht.«

»Dabei geht es auch um die Krankheit, nicht?«

Corinne sah sie nur an. Seufzend trat Maggie mit der Kaffeetasse in der Hand hinaus auf die Veranda. Sarah hatte ihr den Rücken zugewandt, und offensichtlich hörte sie nicht, dass Maggie herausgekommen war. Sie sprach engagierter und leidenschaftlicher als bei dem Gespräch mit dem Drucker über das falsch geschriebene Wort.

»Keith, du musst noch etwas anderes wissen. Ja, er hat bereits andere Organe befallen. Ja, das geht vermutlich. Sie ist allerdings nicht sehr kooperativ. Kanada? Sicher. Natürlich können wir sie dorthin bringen. Was für eine alternative Behandlung?«

Maggie war fassungslos, dass ihre beiden Töchter nun bis zu den Knien in diesem Sumpf steckten, aus dem sie beschlossen hatte, sich herauszuziehen. »Sarah«, sagte sie und Sarah wirbelte aus der Fassung gebracht herum.

»Mom, ich habe gar nicht gewusst, dass du bereits wach bist.« Sie legte die Hand über den Hörer. »Hast du gut geschlafen?«

»Ja«, erwiderte sie. »Sarah, mit wem sprichst du?«

»Mit Keith Simpson. Er ist ein Freund von mir und Onkologe, Mom. Ich habe ihn zu Hause angerufen.«

Maggie überlegte, ob sie sich wieder ins Bett legen sollte. Plötzlich erschöpft ließ sie sich auf einen Stuhl sinken. »Lass mich mit ihm sprechen.«

»Aber Mom –«

»Lass mich mit ihm sprechen«, beharrte sie.

Widerstrebend reichte sie ihr den Hörer.

Maggie hob ihn an ihr Ohr. »Dr. Simpson?«

»Ja«, meldete er sich.

»Hallo, hier spricht Maggie Downing. Sehen Sie, ich weiß es zu schätzen, dass Sie mit meiner Tochter sprechen, vor allem, wo sie Sie gedankenlos so früh am Morgen zu Hause gestört hat. Bestimmt hat sie vergessen, dass es bei Ihnen erst sechs Uhr ist.«

»Das stimmt«, bestätigte er. »Aber ich verstehe ihre Besorgnis.«

»Nun, die Wahrheit ist, ich habe sehr gute Ärzte. Ich bin in der Mayo-Klinik gewesen, im Johns Hopkins, ich habe

Untersuchungen in Duke und Harvard durchführen lassen. Ich habe jede alternative medizinische Einrichtung besucht und in den letzten Wochen habe ich mich an einen sehr gesunden Ernährungsplan gehalten. Ich bin operiert worden, habe ein Dutzend Chemotherapien hinter mir und auch Bestrahlungen. Der Krebs hat sich trotzdem ausgebreitet. Er hat mehr als nur ein paar Organe befallen und man kann nun wirklich nichts mehr tun. Ich habe das akzeptiert, aber offensichtlich brauchen meine Mädchen etwas mehr Zeit.«

»Können Sie ihnen das übel nehmen?«, fragte er.

»Nein, natürlich nehme ich ihnen das nicht übel. Aber ich bin davon überzeugt, dass es nichts Neues mehr gibt, womit Sie mir Hoffnung machen können.«

»Ich würde mir gern Ihre Krankenakte ansehen, wenn Sie nichts dagegen haben. Ich könnte Ihren Arzt anrufen und Einsicht in Ihre Akten nehmen. Sarah und Jim sind wirklich gute Freunde. Ich möchte helfen, wenn ich kann.«

Maggie betrachtete Sarah und merkte, dass auch sie in der vergangenen Nacht kaum geschlafen hatte. »Natürlich können Sie das machen. Aber Sie sollten wissen, dass ich nicht den Rest meines Lebens damit verbringen werde, nach einer Behandlungsmethode zu suchen, durch die ich noch kränker werde, als ich bereits bin. Ich habe mich damit abgefunden, und jetzt möchte ich nur noch meinen Frieden und die richtigen Medikamente, um möglichst schmerzfrei zu leben.«

Sie entdeckte die Tränen in Sarahs Augen.

»Aber wenn Sie mir helfen wollen, dann könnten Sie versuchen, Sarah beizustehen. Sie hat nicht viel Erfahrung mit Krebs. Niemand in unserer Familie ist daran erkrankt.«

Sie nannte Dr. Simpson den Namen ihres Arztes und die Telefonnummer seiner Klinik, dann rief sie persönlich dort an und gab die Erlaubnis zur Freigabe ihrer Akten. Als sie sich Sarah wieder zuwandte, entdeckte sie Corinne, die ihren Computer verlassen hatte und ebenfalls auf der Veranda saß. Der Schock machte sich allmählich breit.

Die Wellen, die sich am Strand brachen, übten eine beruhigende, gleichzeitig aber auch eine erschöpfende Wirkung aus. Maggie stützte die Ellbogen auf den Knien ab. Ihr kurzes Haar wehte im Wind. »Ich habe euch nicht hierher geholt, um eine Art von Stress abzubauen, damit ihr euch sofort einer anderen Art von Stress unterwerft«, ermahnte sie. »Ich habe euch hierher geholt, weil ich euch daran erinnern wollte, wo ihr Frieden finden könnt. In der Bibel wird uns gesagt, dass es die Sabbathruhe für das Volk Gottes gibt. Und immer wieder werden wir aufgefordert, uns keine Sorgen zu machen, unsere Sorgen zu Jesus zu bringen, weil er für uns sorgt. Jesus selbst sagt, dass das Sorgen unserem Leben keinen Augenblick hinzufügt.«

Corinnes Haar war vom Wind zerzaust. »Aber Mom, in der Bibel steht doch auch, dass der Herr denen hilft, die sich selbst helfen.«

»Nein, das stimmt nicht«, widersprach Maggie. »So etwas steht an keiner Stelle in der Bibel.«

»Aber ich war sicher –«

»Es steht nicht in der Bibel«, unterbrach Maggie sie. »Lies sie. Ich wette, du wirst es nicht finden.«

»Aber das *Konzept* wird da weitergegeben«, mischte sich Sarah ein. »Gott hat uns den gesunden Menschenverstand gegeben. Er hat uns die Technologie gegeben. Er gibt uns Medikamente, Ärzte –«

»Natürlich tut er das«, wandte Maggie ein. »Mädchen, wenn ihr mich noch vor wenigen Monaten hättet sehen können. Ich war bereit zu tun, was immer nötig war, um dies zu überwinden. Ich wollte den Krebs aus meinem Körper ausmerzen. Und ich habe einen recht guten Kampf geführt. Den besten Kampf meines Lebens, um ehrlich zu sein.«

»Aber du kannst dich doch noch nicht geschlagen geben«, jammerte Sarah. »Nicht, solange du noch Energie hast. Nicht, solange du noch einigermaßen gesund bist.«

»Nun, seht ihr, das ist genau der Punkt«, sagte Maggie. »Ich betrachte es nicht mehr als Niederlage. Wenn ich eines Tages meine Augen schließe und zu atmen aufhöre, dann habe ich den Kampf gewonnen, denke ich. Es wird kein Verlust sein.«

Sie hätte wissen müssen, dass die Mädchen das nicht besonders gut aufnehmen würden. Beide begannen zu weinen. Sie stand auf, zog sie an sich und hielt beide lange umschlungen, während der Wind über dem Meer beruhigende Verse in ihr Ohr flüsterte.

»Ich möchte nicht, dass der Rest dieser Woche düster und traurig verläuft«, sagte sie. »Das möchte ich wirklich nicht. Die Woche hat schon schlecht begonnen, und jetzt sieht es so aus, als wäre es noch schlimmer geworden. Mädchen, bitte, könnt ihr eure Mutter nicht ehren und ein paar Dinge tun, die ich mir wünsche?«

Sie traten zurück. »Natürlich können wir das, Mom«, sagte Sarah. »Was sollen wir tun?«

»Ich möchte, dass das Telefon irgendwohin gestellt wird, wo ich es nicht läuten höre, und dass niemand mit dem Hörer am Ohr herumläuft, als wäre er dort festgewachsen«, begann sie. »Und ich möchte, dass dieser Computer weggepackt wird. Ich möchte mit euch einkaufen gehen.

Ich möchte nach Antiquitäten suchen. Ich möchte zum Essen ausgehen. Ich möchte ins Kino gehen oder ein Boot mieten und mit euch aufs Meer hinausfahren. Ganz in der Nähe liegt eine kleine Insel, von der alle Leute reden. Ich möchte hinfahren, mich an den Strand legen und mich mit euch unterhalten.«

»Ich glaube nicht, dass wir all das an einem Tag schaffen«, meinte Corinne.

»Dann wollen wir so viel in diesen Tag packen, wie es geht«, erwiderte Maggie. Sie blickte auf die Uhr. »Ich bin halb verhungert. Wenn ihr zwei nicht in den nächsten zehn Minuten zum Frühstück angezogen seid, muss ich ohne euch losfahren.«

»Mom, fühlst du dich denn entsprechend?«

»Ja«, erwiderte sie. »Wie oft muss ich euch das noch sagen?« Sie klatschte in die Hände, wie sie es getan hatte, als sie noch Kinder waren. »Und jetzt los!«

Die beiden Frauen eilten ins Haus. Als die Tür hinter ihnen ins Schloss fiel, lehnte sie den Kopf gegen das Verandageländer und sah zum Himmel hinauf. Er war blau und wolkenlos. Sie spürte die Wärme des Lächelns Gottes auf ihrem Gesicht.

»Ich weiß, es ist eine große Bitte, Herr«, betete sie laut, »aber ich möchte diese Mädchen fröhlich sehen, bevor ich sie nach Hause schicke. Keine leichte Aufgabe, wo ich ihnen gerade mitgeteilt habe, dass ich sterben werde. Aber ein paar Minuten Fröhlichkeit und Frieden für sie, mehr will ich gar nicht.«

Obwohl sie keine hörbare Antwort bekam, wusste sie, dass Gott ihre Bitte gehört hatte und dass er bereits an ihrer Erfüllung arbeitete.

An diesem Nachmittag machten sie es sich gemütlich, gingen einkaufen, plauderten miteinander und aßen auswärts. Maggie verschoss vier Filme in der Hoffnung auf den perfekten Schnappschuss. Wenn Maggie nicht fotografierte, hielt Corinne die Kamera in den Händen und knipste Maggie. Maggie war als Erwachsene nie besonders oft fotografiert worden. Gelegentlich machte Sarah Fotos von Corinne und Maggie, dann wieder baten sie einen Fremden, sie alle drei zu fotografieren.

Maggie musste zugeben, dass sie seit Jahren nicht so viel Spaß gehabt hatte. Ihre Töchter zogen ausgelassen mit ihr durch die Antiquitätengeschäfte und kauften Dinge, die sie nicht brauchten. Immer wieder versuchten sie Teile zu erraten, die nur der Geschäftsbesitzer und der Handwerker identifizieren konnten.

Erschöpft kehrten sie an diesem Abend in ihr Ferienhaus zurück. Sarah hatte einen Film ausgeliehen, *Whatever Happened to Baby Jane*, den sie sich abends ansahen. Er handelte von einer Rivalität unter Geschwistern und dem, was diese Rivalität im Leben der beiden Frauen anrichtete. Sarah und Corinne neckten sich während des Films. Danach ging Maggie zufrieden und getröstet zu Bett und wieder schlief sie so gut wie seit Monaten nicht mehr.

Am folgenden Morgen fuhren Corinne und Sarah mit Maggie zu dem Fotostudio, wo sie die Fotos entwickeln wollte, die sie am Tag zuvor gemacht hatten. Die Dunkelkammer bot kaum Platz für die drei Frauen, doch Corinne und Sarah wollten ihrer Mutter bei der Arbeit zusehen.

Während die Fotos langsam scharf wurden, wurde deutlich, dass einige von ihnen wirklich gut geworden waren. Sarah ging an der Leine entlang, an der sie hingen, und betrachtete die einzelnen Fotos.

»Ist das von dir, Corinne?«, fragte sie und deutete auf ein Foto von sich mit ihrer Mutter.

»Anscheinend«, lachte Corinne, »da du ja auch auf dem Foto bist.«

»Na ja, es hätte ja ein Fremder gemacht haben können.«

»Wir haben Fremde nur gebeten, uns alle drei zu fotografieren«, korrigierte Corinne. Sie betrachtete das Bild. »Jawohl, das ist von mir.«

»Weißt du, du bist wirklich gut«, staunte Sarah. »Ich meine, im Vergleich zu mir bist du ein Profi.« Sarah deutete auf die Fotos von Corinne und Maggie. Sie waren nicht richtig fokussiert, und einige auch verschwommen, weil ihre Hände gezittert hatten. »Meine Fotos sind einfach schrecklich. Aber sieh dir deine an. Ich glaube, du hast Talent, wie Mom.«

Maggie ließ ihre Arbeit liegen und trat zu den Mädchen. »Sie hat Recht, Corinne«, sagte Maggie. »Sieh es dir an. Das ist perfekt. Ich hätte es nicht besser machen können.«

Corinne lächelte. »Wirklich?«

Maggie betrachtete intensiv die anderen Fotos an der Leine. »Du hast ein gutes Auge, Corinne. Sieh dir das hier an, dieser Ausdruck auf Sarahs Gesicht, den du eingefangen hast. Das ist hervorragend. Sie wirkt so natürlich, überhaupt nicht gestellt. Du hast sie in einem großartigen Augenblick erwischt. Das habe ich in den vergangenen Tagen nicht geschafft.«

»Und sieh dir das hier von Mom an«, rief Sarah. »Mom, du wirkst so jung, als wärst du in unserem Alter.«

»Das ist wirklich ein hervorragendes Foto«, meinte Maggie. »Ehrlich, Corinne, ich glaube, du hast tatsächlich Talent.«

Corinnes Augen funkelten. »Danke, Mom. Das freut mich. Es bedeutet mir sehr viel. Vielen Dank, Sarah.«

»Ich denke, ich werde dir meine Fotoausrüstung hinterlassen, Corinne«, meinte Maggie.

Corinnes Lächeln verschwand. Sie wollte nicht vom Erben sprechen. »Wenn du willst«, flüsterte sie.

»Ich möchte es«, bekräftigte Maggie. »Eigentlich hatte ich überlegt, alles zu verkaufen, wenn ich an den Punkt komme, wo ich es nicht mehr gebrauchen kann. Aber ich bin froh, dass das nicht nötig ist. Du und ich, wir haben noch einige Arbeit zu erledigen, bevor ich alles an dich weitergebe. Ich kann dir viel beibringen.«

Nachdenklich betrachtete Corinne die Fotos. »Denkst du, dass ich mir vielleicht eines Tages wie du meinen Lebensunterhalt damit verdienen könnte?«

»Natürlich könntest du das«, entgegnete Maggie. »Warum nicht?«

»Ich weiß nicht. Irgendwie denke ich, man kann seinen Lebensunterhalt mit dem Fotografieren nur dann verdienen, wenn man Tag und Nacht arbeitet.«

»Du kennst mich«, meinte Maggie. »Es hat Zeiten gegeben, wo ich tatsächlich Tag und Nacht gearbeitet habe. Aber das ist auch in jedem anderen Beruf so. Und du hast meinen Freund draußen gesehen. Bei Milton stehen die Leute Schlange, um sich von ihm fotografieren zu lassen. Aber es ist ein schöner Beruf, wenn man Talent, die richtige Ausrüstung hat und über die nötigen Kenntnisse verfügt. Ich denke, das Erste ist bei dir vorhanden und bei dem anderen kann ich dir helfen.«

Als sie fertig waren, nahmen sie alle Fotos mit. Auf der Heimfahrt sah Corinne sehr nachdenklich aus.

17

Mittags zogen erneut Regenwolken auf und gegen zwei Uhr begann es zu regnen. Die drei Frauen beschlossen, an diesem Nachmittag zu Hause zu bleiben und sich an die Fotoalben zu machen, die ihre Mutter so gern in diesem Urlaub zusammenstellen wollte. Fröhlich plaudernd und lachend saßen sie am Küchentisch und klebten in fein säuberlich geordneten Reihen die Geschichte ihrer Familie auf die Seiten der Alben. Stunden vergingen, bevor sie an die Fotos kamen, die in den vergangenen beiden Tagen aufgenommen worden waren.

»Sollen die auch mit in die Alben oder willst du sie für dein Buch verwenden?«

Maggie lächelte. »Eigentlich gibt es gar kein Buch. Ich hatte überlegt, eines zusammenzustellen, aber im Grunde genommen war es nur ein Vorwand, um euch hierher zu locken. Um ehrlich zu sein, diese Fotos sind für euch. Ich wollte etwas, das euch an mich erinnert. Und euch an diese Zeit erinnert.«

Ihre gute Laune war wieder dahin. Schließlich blickte Sarah ihre Schwester an.

»Corinne, meinst du, du könntest die Zeit finden, nach St. Louis zu kommen, um Fotos von meiner Familie zu machen?«

Corinne grinste überrascht. Sie fühlte sich geschmeichelt. »Natürlich kann ich mir die Zeit nehmen, aber warum soll ich das übernehmen?«

»Nun«, meinte Sarah, »wir haben schon so lange keine Familienfotos mehr machen lassen. Und ich möchte nicht mit den Kindern in einem Fotostudio posieren. Außerdem glaube ich nicht, dass ich es schaffe, alle geschniegelt und gebügelt dorthin zu schaffen. Und du hast die Gabe, diesen ganz besonderen Ausdruck in den Gesichtern der Menschen einzufangen.« Sie beugte sich vor und betrachtete die Fotos. »Ich möchte einfach sehen, was du aus meinen Kindern machst. Außerdem fände ich es schön, wenn du sie näher kennen lernst und sie sollen dich besser kennen lernen.«

Maggie lachte laut auf. »Das ist eine großartige Idee, Corinne, und vielleicht kann ich ja mitkommen und dir einige Tricks zeigen, die ich im Laufe meiner Arbeit gelernt habe. Oh Corinne, ich freue mich ja so für dich. Du wirst Fotografin!«

Corinne runzelte die Stirn. »Also, das weiß ich noch nicht. Ich meine, ich habe ja noch meine Geschäfte.«

»Aber in diesem Bereich bist du so gut.«

»Hey, ich bin auch gut bei Websites, in der Schmuckherstellung und beim Hundeausführen. Sozusagen.«

»Natürlich bist du das«, erwiderte Maggie, »aber das hier ist doch etwas anderes. Ich habe ein wundervolles Leben geführt. Ich bin überallhin gereist, habe alles fotografiert. Und ich hatte den Traum, noch einmal um die Welt zu reisen und Fotos von Orten und Menschen zu machen, an denen und in deren Leben Gott am Werk ist. Ich bedaure, dass ich das jetzt nicht mehr kann.«

»Aber du könntest es doch machen, Mom«, meinte Corinne. »Es ist doch noch nicht zu spät, oder?«

»Doch, es ist zu spät«, entgegnete Maggie. »Ich habe nicht mehr die Kraft dazu. Aber vielleicht kannst du es tun.«

Corinne wirkte so betrübt, dass Maggie ihre Hand nahm. »Liebes, auf keinen Fall möchte ich irgendwelchen Druck auf dich ausüben. Wenn du nicht Fotografin werden möchtest, dann ist das in Ordnung. Du sollst tun, was dich glücklich macht und was Gott für dich vorgesehen hat. Und ich glaube, ich weiß, wie ich dir dabei helfen kann.«

Maggie sah von einer zur anderen und fuhr dann fort: »Ihr werdet ein kleines Erbe bekommen. Im Laufe der Jahre habe ich etwas Geld sparen können. Und wenn ich so über eure Zukunft nachdenke, wird mir klar, dass ihr nicht bis nach meinem Tod darauf warten sollt. Corinne, wenn ich dir deinen Anteil jetzt schon geben würde, könntest du aufhören, dir so viele Sorgen um deinen Lebensunterhalt zu machen. Vielleicht könntest du dann das tun, was dir Spaß macht, ob das nun die Fotografie oder etwas anderes ist.«

Corinne blickte sie bekümmert an. »Mom, das kann ich nicht annehmen. Du wirst diese Krankheit besiegen. Du wirst das Geld brauchen.«

»Ich habe noch genug, aber ich glaube nicht, dass ich es brauchen werde«, erwiderte sie leise. Sie wandte sich an Sarah. Eine Ader trat an ihrer Stirn hervor und ihr war klar, dass sie sich vergeblich bemühte, die Tränen zu unterdrücken. »Sarah, du sollst jedes Jahr mit deiner Familie in Urlaub fahren. Bring deinen Kindern bei, am Strand entlangzulaufen, auf das Rauschen der Wellen zu hören, die salzige Luft einzuatmen. Du sollst sie lehren, dass die Investition in die Seele genauso wichtig ist wie die Investition in ein Geschäft oder die Gemeinde oder in andere Dinge.«

Sarah zwang sich zu nicken. »Das werde ich, Mom.« Dann seufzte sie und betrachtete die Fotos auf dem Tisch. »Ich habe mir eben die Fotos angesehen, Mom, die Fotos, die du vor ein paar Tagen, gestern und heute von mir gemacht hast. Und ich sehe diese Sorgenlinien und die Spannung, die Ablenkung. Ich sehe, dass eine Million Dinge an mir zerren, und nichts, was ich tue, bewirkt viel. Weißt du, ich fange an zu glauben, dass ich vielleicht auch eine Gabe habe. Eine Berufung, wenn du so willst. Allerdings nicht die Fotografie«, meinte sie lachend. »Aber vielleicht geht sie tiefer als Geldbeschaffung, Komitees und Konferenzen.«

»Und die wäre?«, fragte Corinne.

»Ja, Sarah«, bat auch Maggie. »Sag es uns.«

»Ich bin eine Mutter«, erwiderte Sarah schließlich und schob ihr Kinn vor. »Und eine Ehefrau. Das ist eine hohe Berufung«, sagte sie. »Ich bin gesegnet, wie meine liebe kleine Schwester neulich zu mir gesagt hat. Sehr gesegnet. Nur habe ich mich nicht so verhalten, als wäre ich es.«

»Und was wirst du dagegen unternehmen?«, fragte Maggie.

Sarah lehnte sich auf ihrem Stuhl zurück und schüttelte den Kopf. »Ich weiß es nicht, Mom. Vielleicht sollte ich ein paar Dinge aus meinem Terminkalender streichen.«

»Vielleicht solltest du deinen Terminkalender ganz abschaffen«, schlug Corinne vor.

Sarah lachte und deutete mit dem Finger auf sie. »Ich glaube, das Wichtigste ist, dass ich etwas herunterschalte und intensiver lebe. Bisher bin ich nur an der Oberfläche geblieben. Aber jetzt glaube ich, dass es darunter noch sehr viel mehr gibt.«

Maggie nickte strahlend. »Ja«, erwiderte sie stolz. »Genau das wollte ich dir beibringen. Genau das.«

Abends gingen sie in einem gemütlichen Restaurant essen. Das Fünf-Gänge-Menü war ausgezeichnet und als sie nach Hause kamen, fühlten sie sich satt und zufrieden. Das Telefon klingelte und Maggie nahm den Hörer ab.

An der Stimme ihrer Mutter merkte Sarah, dass es Jim war. Während sie mit ihm sprach, wurde ihr bewusst, dass sie ihn seit einigen Tagen nicht mehr angerufen hatte. Nicht mehr, seit sie von der Krankheit ihrer Mutter erfahren hatte. Das war vermutlich ganz gut, dachte sie, da Jim, als sie das letzte Mal miteinander gesprochen hatten, sehr wütend auf sie gewesen war. Vielleicht hatte er seinen Zorn ja mittlerweile überwunden. Bei ihr war das auf jeden Fall so.

Ihre Mutter hielt ihr den Telefonhörer hin. Sie nahm ihn und ging damit in ihr Schlafzimmer, um ungestört sprechen zu können. Als sie allein war, nahm sie den Hörer ans Ohr. »Hallo?«

»Hallo, Schatz.« Anscheinend war Jim nicht mehr wütend auf sie. Erleichtert ließ sie sich auf ihr Bett sinken.

»Hallo, Liebling. Tut mir Leid, dass ich gestern nicht angerufen habe.«

»Oder vorgestern«, erwiderte er. »Ich habe versucht, dich auszusitzen, wie wir es in der Highschool immer getan haben, weil ich nicht als Erster zum Telefon greifen wollte. Aber ich habe angefangen, dich zu vermissen, und ich fragte mich unwillkürlich ...«

Sarah lächelte und schloss erleichtert die Augen. »Wir haben nur eine Breitseite bekommen von einer Ankündigung, die Mom gemacht hat«, erklärte Sarah, »und das hat mich von allem anderen abgelenkt.«

»Worum geht es?«, fragte Jim.

Die Worte schienen ihr im Hals stecken zu bleiben. »Mom hat Krebs.«

Sie lauschte auf die Stille am anderen Ende, während die Worte einsanken. »Was für einen Krebs? Wo?«

»Überall«, erklärte sie. »Sie ist schon eine Weile krank.« Mühsam versuchte sie, die Tränen zu unterdrücken, doch sie schaffte es nicht. »Sie hat es vor uns geheim gehalten und sie hat schon einige sehr aggressive Chemotherapien und Bestrahlungen hinter sich. Sie behauptet, die Ärzte hätten alles versucht.« Ihre Stimme brach und nur mühsam brachte sie die letzten Worte heraus. »Es sieht nicht gut aus, Jim.«

Sie hörte, wie er langsam ausatmete. »Wie geht es dir?«

Das Mitgefühl in seiner Stimme rührte sie. Sie schüttelte den Kopf. »Nicht gut. Es ist schwer. Und ich habe solche Schuldgefühle«, erwiderte sie. »Mom hatte uns gebeten, am Ende ihres Lebens eine Woche mit ihr zu verbringen, und wie reagieren wir? Wir tun so, als müssten wir sie mühsam in unseren ausgefüllten Terminplan einbauen. Wir telefonierten und arbeiteten am Computer, während sie wartete und wartete ...«

»Tu dir das nicht an«, erwiderte Jim. »Du bist ja jetzt da. Du bist mit ihr zusammen. Hat sie Schmerzen? Sieht sie krank aus?«

»Nein, nicht wirklich«, antwortete sie. »Ich meine, ihr Haar ist sehr kurz geschnitten, und wir wussten nicht, warum, bis wir erfuhren, dass es bei der Chemotherapie ausgefallen ist und jetzt so langsam nachwächst. Und sie ist sehr dünn geworden. Aber abgesehen davon, dass sie häufig müde ist, scheint es ihr recht gut zu gehen.«

»Wie nimmt Corinne es auf?«

»Nicht gut«, erwiderte Sarah. »Ich habe Keith Simpson angerufen und ihn um Rat gefragt.«

»Konnte er euch Hoffnung machen?«

»Er hat Moms Krankenakte angefordert. Er sagte, er würde sie sich ansehen. Ich bin fest davon überzeugt, dass er, falls ihre Ärzte etwas übersehen haben, es finden wird.« Sie legte die Hand auf den Mund und versuchte, ihr Schluchzen zu unterdrücken. »Mom hat sich mit dem Tod abgefunden. Und das Erstaunliche ist, dass sie nicht einmal traurig darüber zu sein scheint. Sie scheint sich wunderbar zu amüsieren, zumindest heute.«

Sie schwieg einen Augenblick und griff nach dem Handtuch, das sie auf ihr Bett gelegt hatte. Damit fuhr sie sich über das Gesicht, denn ihre Mutter sollte nicht merken, dass sie wieder geweint hatte.

»Es tut mir Leid, dass ich dich auch noch so aufgeregt habe«, flüsterte Jim. »Ich hätte nicht so reagieren sollen. Du hast mächtig unter Druck gestanden und jetzt ist es noch schlimmer.«

»Das ist schon in Ordnung, Jim«, erklärte sie. »Ich bin selbst daran schuld. Aber ich werde mich ändern. Ich verspreche es.«

»Wie denn?«

Sie schloss die Augen und atmete tief durch. »Ich werde weniger machen, nicht mehr. Ich werde herunterschalten, gehen, anstatt zu rennen, Pizza bestellen, hör zu ...« Die Tränen kamen schon wieder. »Am Ende meines Lebens wird es niemanden interessieren, in wie vielen Komitees ich gewesen bin, wie viele Konferenzen ich organisiert habe. Aber ich möchte wissen, dass ich das Beste für die Menschen getan habe, die ich liebe. Jim, ich werde meinen Posten als Vorsitzende des Literaturkreises aufgeben und wenn dieses Semester zu Ende ist, werde ich auch in der Gemeinde nicht mehr unterrichten. Ich denke, ich werde eine Weile brauchen, um meinen Kopf klar zu bekommen, meine Prioritäten zu ordnen, meinen Blick auf das Wesentliche auszurichten.«

»Oh Sarah«, sagte er. Sie hörte beinahe das Lächeln in seiner Stimme. »Weißt du, dass ich dich liebe?«

Sie nickte und war dankbar dafür, dass es so war. »Ja«, flüsterte sie. »Und weißt du, dass ich dich auch liebe?«

»Ja«, erwiderte er. »Trotz aller Hektik in letzter Zeit wusste ich es irgendwie.«

»Ich werde deine Hilfe brauchen«, sagte Sarah.

»Dabei helfe ich dir lieber als bei einem Druckfehler im Programmheft. Und ehrlich gesagt, Pizza schmeckt mir besser als Hühnertopf.«

Sie lachte. Erleichterung durchströmte sie bis zu den Zehenspitzen.

Nachdem Maggie sich in ihr Schlafzimmer zurückgezogen hatte, gingen Corinne und Sarah wieder an den Strand. An diesem Abend war es windstill und der Mond stand beinahe voll und rund am Himmel. Funkelnde Sterne erhellten den Nachthimmel.

»Und wie wollen wir sie überreden, sich weiteren Behandlungen zu unterziehen?«, fragte Corinne.

Sarah schüttelte den Kopf. »Keine Ahnung. Ich denke, diese Brücke werden wir überqueren, wenn wir bei ihr angekommen sind. Zuerst einmal müssen wir abwarten, bis Keith Simpson sich ihre Krankenakte angesehen hat. Vielleicht gibt es ja keine weitere Behandlung mehr.«

»Natürlich gibt es das. Wir können Menschen auf den Mond schicken, Tiere klonen, um Himmels willen. Bestimmt kann Moms Krebs irgendwie besiegt werden. Ich meine, sieh sie dir doch an. Sie ist jung. Sie ist stark.«

»Sie ist bereit zu gehen«, flüsterte Sarah.

Corinne setzte sich auf den nassen Sand und legte sich zurück. Es war ihr egal, dass ihr Haar und ihre Kleider nass wurden. Sie starrte in den Nachthimmel und flüsterte:

»Ich weigere mich, das zu glauben. Warum will sie nicht kämpfen? Warum gibt sie auf? Es ist doch keine Schwäche, weiterzukämpfen.«

»Vielleicht ist der Kampf zu schwer, sodass sie nicht mehr weiter kann. Weißt du, ich kann kaum glauben, dass sie uns nicht gerufen und gebeten hat, mit ihr zu kämpfen.«

»Sie dachte, sie käme allein zurecht«, erwiderte Corinne. »So reagieren wir in unserer Familie. Wir regeln unsere Dinge selbst.«

Sarah schüttelte den Kopf. »Aber ich habe Freunde, die Krebsbehandlungen durchgemacht haben. Ich kann mir nicht vorstellen, dass sie das alleine geschafft hätten.«

»Sie sagte, sie sei nicht allein gewesen«, widersprach Corinne. »Sie hatte Unterstützung. Es gibt so vieles, was wir nicht von ihr wissen.« Ihre Schwester starrte auf den Sand und spielte mit den Fingern darin herum. »Willst du eine weitere Liste schreiben, Sarah?«

Sarah sah auf ihre Hand herab, als überlege sie, dann schüttelte sie den Kopf und ließ sich neben Corinne in den Sand sinken. Während beide die Sterne am Himmel betrachteten, flüsterte sie: »Nein, keine Liste.«

Stille legte sich auf sie, tröstete sie, während sie hinaufsahen.

»Was meinst du, wie es im Himmel ist?«, fragte Sarah nach einer Weile.

Corinne schüttelte den Kopf. »Du fragst mich, wo ich doch nicht einmal weiß, was in der Bibel steht und was nicht? Ich fasse es nicht, dass ich der Meinung gewesen bin, der Spruch ›Der Herr hilft denen, die sich selbst helfen‹ würde in der Bibel stehen. Ich habe ihn eine Million Mal gehört. Ich weiß es.«

»Wie ich schon sagte«, erwiderte Sarah, »das Konzept steht in der Bibel.« Sie überlegte fieberhaft, was sie über den Himmel wusste. »Ich erinnere mich daran, gelesen zu haben, dass es im Himmel keine Tränen geben wird.«

»Tut mir Leid«, wandte Corinne ein. »Aber das ist ein Lied von Eric Clapton.«

Sarah lachte. »Nein, das steht tatsächlich in der Bibel. Dort heißt es, dass das Lamm ihr Hirte sein und sie zu Quellen des lebendigen Wassers führen und dass Gott alle Tränen von ihren Augen abwischen wird. Irgendwo in der Offenbarung. Ich erinnere mich daran, weil Jenny es in einem Theaterstück zitiert hat. Ich musste ihr beim Auswendiglernen helfen. Und es gibt noch eine andere Stelle, am Ende der Offenbarung in Kapitel 21 oder 22. Dort heißt es: ›Und Gott wird abwischen alle Tränen von ihren Augen, und der Tod wird nicht mehr sein, noch Leid noch Geschrei noch Schmerz wird mehr sein; denn das Erste ist vergangen.‹«

»Das klingt gut«, flüsterte Corinne.

»Vielleicht möchte Mom dorthin gehen.«

»Denkst du, dass man dort isst?«, fragte Corinne.

Sarah blickte sie verwirrt an. »Natürlich wird man dort essen. Warum?«

»Weil man im Himmel in der Lage sein müsste, so viel zu essen, wie man will.«

»Ja«, seufzte Sarah, »das wäre großartig. Und ich wette, dort gibt es keine Waagen.«

Erneut hüllte die Stille sie ein wie die warmen und weichen Wellen, die ihre Füße umspülten.

»Denkst du, man wird die Menschen erkennen?«, fragte Corinne. »Werden wir Mom erkennen, wenn wir dorthin kommen?«

»Natürlich«, erwiderte Sarah. »Wir werden sie erkennen, und sie wird uns erkennen, und wir werden ein Freudenfest feiern, wie es noch keines gegeben hat.«

Corinnes Tränen flossen nun stärker und Sarah hörte das Schluchzen in ihrer Kehle. »Ich weiß nicht, wie ich das ertragen soll«, flüsterte sie. »Ich werde ganz allein sein. Wenn Mom tot ist, werde ich wirklich ganz allein dastehen.«

»Du bist nicht allein«, flüsterte Sarah. »Du hast mich und meine Familie.«

»Aber das ist nicht dasselbe. Es ist deine Familie«, widersprach Corinne. »Und wenn ich niemals heirate, Sarah? Und wenn ich nie Kinder bekomme? Und wenn ich den Rest meines Lebens ganz allein verbringen muss? Ohne Mutter und Vater? Das ist so schrecklich lange.«

»Es könnte aber auch ganz kurz sein«, flüsterte Sarah. »Mom könnte am Dienstag sterben, und am Mittwoch könnte Jesus wiederkommen. Dann würde alles Jammern und Weinen und Trauern so dumm erscheinen. Wir würden ihn einfach nur ansehen und sagen: ›Wenn wir bloß gewusst hätten, dass es nur einen Tag dauert.‹«

»Und ist es nicht so bei Gott?«, fragte Corinne. »Eintausend Jahre sind doch vor ihm wie ein Tag.«

»So ungefähr«, bestätigte Sarah.

»Und wenn es nun fünfzig Jahre dauert, dann sind es für ihn doch nur ein paar Minuten – und für sie.«

Sarah nickte. »Mom ist entschieden am besten dran bei dieser Angelegenheit.«

»Und wir versuchen, ihr das auszureden.« Corinne drehte den Kopf und blickte ihre Schwester in der Dunkelheit an. »Denkst du, wir könnten sie dazu überreden, uns mitzunehmen?«

»Ich denke, das hat sie vor«, erwiderte Sarah. »Nur nicht zur selben Zeit.«

»Wir sind so gesegnet«, flüsterte Corinne.

»Warum sagst du das?«

»Weil wir eine Mutter haben, die uns gelehrt hat, was wichtig ist. Wir haben eine Mutter, die uns die Wahrheit gelehrt hat.«

»Mädel, in einer Woche haben wir wirklich einen weiten Weg zurückgelegt, nicht?«, flüsterte Sarah.

Corinne setzte sich auf. Der nasse Sand klebte an ihrem Rücken. »Es wird recht kühl hier draußen. Du zitterst.«

»Wir wollen noch nicht hineingehen«, sagte Sarah. »Eigentlich würde ich gern für Mom beten, nur du und ich, laut. Ich weiß, dass Gott zuhört.«

»Eine gute Idee«, flüsterte Corinne, und gemeinsam schlossen die Mädchen die Augen und begannen zu dem Vater zu beten, der ihre Zukunft in den Händen hielt.

19

Sarah wachte vor Sonnenaufgang auf. Schuldgefühle bedrängten sie und verhinderten, dass sie wieder einschlief. Sie stand auf, zog sich an und ging in die Küche. Sie dachte über die Enttäuschung ihrer Mutter nach über ihr Verhalten zu Beginn der Woche, die Dinge, die ihre Mutter tun wollte, und wie wenig Zeit ihr noch blieb.

Als die Sonne langsam aufging, kam ihr eine Idee. Schnell holte sie sich die Wagenschlüssel und eilte nach draußen. Mit dem gemieteten Wagen fuhr sie am Strand entlang, bis sie zu einem Pier kam, an dem ein Dutzend Boote festgemacht lagen. Die Fischer bereiteten ihre Boote für den Tag vor. Sarah stellte den Wagen ab und ging zum ersten Boot.

Es war kühl, und sie verschränkte die Arme, weil sie fror. »Entschuldigen Sie«, rief sie.

Einer der Fischer sah auf und nahm seine Zigarre aus dem Mund. Seine Haut war gerötet von Wind und Sonne. Fältchen rahmten seine Augen ein, als wäre er es gewöhnt, in die Sonne zu blinzeln. »Ja?«, fragte er.

»Ich bin auf der Suche nach einem Boot«, erklärte sie. »Eines, das ich mieten kann. Vielleicht ein großes Segelboot oder so etwas, und jemand, der damit umgehen kann.«

Der Mann grinste breit bei ihrer Wortwahl und sah die anderen an. Alle lachten. »Sie könnten es dort drüben probieren, bei dem letzten Boot in der Reihe«, erwiderte er und deutete mit der Zigarre in die angegebene Richtung. »Der alte Jake vermietet. Er wird Sie hinbringen, wo immer Sie hin möchten.«

»Danke.« Sie eilte den Pier entlang zu dem Boot, das der Mann ihr gezeigt hatte. An Bord konnte sie niemanden entdecken, darum blieb sie einen Augenblick stehen und überlegte, ob sie an Deck gehen und nach dem Besitzer rufen sollte.

»Kann ich Ihnen helfen?«

Die Stimme hinter ihr erschreckte sie. Sie wirbelte herum. »Oh, Sie haben mich erschreckt.«

»Haben Sie auf mich gewartet?«

Sie schnappte nach Luft. »Äh ... das hängt davon ab. Sind Sie Jake?«

»Genau«, erwiderte er. Der Mann war schon älter, mit gebräunter, wettergegerbter Haut. Tiefe Linien hatten sich in sein Gesicht gegraben. »Was kann ich für Sie tun?«

»Wie ich höre, vermieten Sie Ihr Boot«, begann sie. »Meine Mutter, meine Schwester und ich würden heute gern nach Fork Island hinausfahren. Geht das auch für einen Tag?«

»Sicher«, erwiderte er.

»Und Sie ... Sie werden es für uns steuern?«

»Ja, das werde ich. Kostet dreihundert Dollar für einen Tag.«

Sie schluckte. »In Ordnung. Können wir bezahlen, wenn wir an Bord gehen? Ich muss erst etwas Bargeld abheben.«

»Sicher«, erwiderte er. »Wann kommen Sie?«

Sie sah auf die Uhr. »Gegen acht?«

»Das Boot wird fertig sein. Die *Morgenstern* wird Ihnen gefallen. Ein feines Boot. Segelt ganz ruhig.«

Sarah sah auf den Namen des Bootes. »Die *Morgenstern*. Das kommt nicht zufällig aus der Bibel, oder?«

Er grinste erneut und zeigte seine gelben Zähne. »Sie sind Christ?«

Sie lächelte. »Ja, das bin ich.«

»Dann sind Sie hier richtig«, meinte er.

Auf dem Heimweg zum Ferienhaus sprach Sarah ein Dankgebet, weil Gott ihr einen Christen mit Boot geschickt hatte. Sie spürte Gottes Hand auf ihrer Familie. Ihre Mutter würde begeistert sein.

Als Maggie aufstand, waren Sarah und Corinne bereits in der Küche. Sie hatten das Frühstück vorbereitet, Kaffee gekocht und das Geschirr vom vergangenen Abend gespült. Maggie betrachtete sie misstrauisch.

»Was ist los? Kein Telefon? Kein Computer?«

»Nein, Mom«, strahlte Sarah. »Wir haben eine Überraschung für dich heute Morgen, also los, zieh dich an. Sobald wir gefrühstückt haben, fahren wir los.«

»Losfahren? Wohin?«

»Du wirst schon sehen«, erwiderte Corinne. »Wappne dich. Es wird dir gefallen.«

Nachdem sie gefrühstückt und das Geschirr gespült hatten, stiegen sie in den Wagen und fuhren los. Als sie zum Pier kamen, strahlten Maggies Augen auf. »Ein Boot«, sagte sie. »Das ist doch nicht möglich!«

»Wir haben es für den ganzen Tag gemietet«, erklärte Corinne. »Eigentlich hat Sarah es gemietet. Sie ist ganz früh am Morgen hergefahren und hat jemanden aufgetrieben, der das Schiff steuern wird.«

»Oh Sarah«, rief Maggie aus. »Genau das habe ich mir gewünscht. Sieh es dir nur an!« Sie stieg aus und lief den Pier entlang. »Es ist wunderschön.«

»Es heißt *Morgenstern*, Mom«, erklärte Sarah. Nur mit Mühe konnte sie die Tränen zurückhalten, als sie die Freude ihrer Mutter sah. »Der Besitzer ist Christ.«

»Der *Morgenstern*«, flüsterte Maggie. »Aus Offenbarung 22: ›Ich bin die Wurzel und das Geschlecht Davids, der helle Morgenstern.‹ Als ob Gott es uns geschickt hätte. Mit seinem Stempel der Billigung.«

Schon hatte Maggie die Kamera am Auge und schoss Bilder als Erinnerung an diesen besonderen Tag.

Sarah hatte noch nie größeren Frieden erlebt als an diesem Tag, während das Boot die Wellen durchschnitt, der Wind ihr Haar zerzauste und die Sonne ihr Gesicht erwärmte.

Während der alte Jake sie über das ruhige Meer fuhr, fort von allem Lauten, Schnellen und Besorgniserregendem, hatte Sarah beinahe das Gefühl, sorglos und frei zu sein. Es war, als würde die Sorge um die Krankheit ihrer Mutter von ihr abfallen und als hätte sie alles Belastende am Strand zurückgelassen. Die *Morgenstern* hatte ihr einen Tag Erholung verschafft.

* * *

Corinne betrachtete ihre Mutter, die schlafend an Deck lag, und fragte sich, ob sie an diesem Morgen wohl Schmerzen gehabt hatte. Hatte sie in der Nacht geschlafen? Aber auf Maggies Gesicht war nichts Gequältes zu entdecken. Keine Erschöpfung von der Schlacht. Nur Frieden.

Corinne beugte sich über die Reling und suchte die Wellen nach Delfinen ab. Immer wieder beobachtete sie die Möwen am Himmel und dann und wann entdeckte sie in der Ferne auch die Flosse von einem Hai. Wie ein Hai umkreiste der Tod ihre Familie, kreiste ihre Mutter ein und drohte sie zu verschlingen. Aber an diesem Tag betrachtete Corinne dies nicht als etwas Böses, das gemieden werden sollte. An diesem Tag betrachtete sie den Tod als das Ende eines erfüllten Lebens, einen Übergang in etwas noch Größeres. Und das erstaunte sie. Ein solcher Gedanke konnte nicht aus ihrem verängstigten Herzen kommen. Es war ein übernatürliches Verständnis, ein Geschenk von ihrem Großen Ratgeber.

Eine Träne rollte ihr über die Wange. Sie wischte sie fort. *Ich wünschte, ich könnte diesen Frieden erleben, von dem Mom gesprochen hat*, betete sie zu Gott. *Hilf mir, diese Ruhe zu finden.* Sie sah auf ihre schlafende Mutter herab und erkannte, dass diese Frau die Quelle wahrer Ruhe gefunden hatte. Ihr Geist war gesund und heil, obwohl der Krebs ihren Körper zerstörte.

»Es wird alles gut werden, Mom«, flüsterte Corinne, da sie wusste, dass niemand sie hören konnte. »Es wird alles in Ordnung kommen.« Und während das Boot heiter durch die Wellen schnitt, wusste sie, dass Gott alles in Ordnung bringen würde.

Als Maggie wieder wach war und sie die Insel beinahe erreicht hatten, bot der alte Seemann an, ein Foto von ihnen zu machen. Sie drängten sich an der Reling aneinander, die Wellen und den Himmel in ihrem Rücken. Ohne viel einzustellen oder sie zu positionieren machte er das Foto und reichte die Kamera zurück.

Es war schon fast dunkel, als sie das Festland wieder erreichten, sonnenverbrannt und sandig, aber heiter und erschöpft. Maggie konnte es kaum erwarten, den Film zu entwickeln. Sie bestand darauf, allein zum Fotostudio zu fahren, weil sie die Mädchen überraschen wollte, falls ein guter Schnappschuss darunter war. Sarah und Corinne blieben allein im Haus, kochten Abendessen und warteten auf ihre Rückkehr. Sie sonnten sich in dem Frieden, den sie vom Meer mitgebracht hatten.

An diesem Abend weinte Maggie, als sie über den Entwicklungsschalen stand. Das Foto, das der alte Seemann gemacht hatte, war eindeutig das beste. Falls es tatsächlich ein Buch mit Erinnerungen ihres Lebens geben würde, dann würde dieses Foto auf den Umschlag kommen.

In ihrem Gesicht waren Anzeichen ihrer Krankheit zu erkennen. Die Falten um ihre Augen und ihren Mund, ihre hohlen Wangen. Aber sie erkannte auch den Frieden und die große Freude in ihren Augen. Und wundersamerweise konnte sie diesen Frieden auch in Corinnes und Sarahs sonnengebräunten Gesichtern erkennen. Das war eine Gebetserhörung.

Die Linien um ihre Augen waren verschwunden, und sie sahen wieder jung aus, unberührt von der Welt mit ihren Problemen. Ihr Lächeln war echt, obwohl niemand sie aufgefordert hatte, in die Kamera zu lächeln. Ihre Augen waren entspannt, ihre Gesichter strahlten innere Ruhe aus. Der Wind fing sich in ihren Haaren und sprühte ihnen die Gischt ins Gesicht, aber beide sahen hübscher aus als je zuvor.

Das war das Foto. Das war der Schnappschuss, für den sie gekommen war.

Sie ging hinaus zu Milton. Nachdem er das Foto bewundert hatte, half er ihr, es zu vergrößern und einen Abzug für jedes der Mädchen zu machen, den sie mit nach Hause nehmen konnten, um sich für den Rest ihres Lebens an diesen Tag zu erinnern.

Als sie das Studio verlassen wollte, hielt ihr Freund sie an der Tür auf. »Ich bin froh, dass du einen guten Tag hattest, Mags.«

Sie lachte leise. »Ich habe alles geschafft, was ich tun wollte. Ich denke, meine Arbeit ist getan.«

»Gut«, flüsterte er. »Das ist wirklich gut, Mags.«

»Morgen fahren wir nach Hause. Corinne muss zu ihren Geschäften zurück und Sarahs Familie wartet auf sie. Sieben Tage. Mehr hatten wir nicht. Aber es waren gute sieben Tage.«

»Ich werde dich vermissen«, sagte er leise und betrachtete sie mit den Augen eines Freundes, der wusste, dass es sich um einen Abschied für immer handelte.

»Ich werde dich auch vermissen«, flüsterte sie. »Aber eines Tages werde ich dich wiedersehen. Bald.« Sie umarmte ihn fest und als sie davonfuhr, sah sie in den Rückspiegel. Es war in Ordnung, dachte sie. Er war ein Bruder in Gott und auch wenn es ihr letzter Abschied hier auf der Erde war, ihr Wiedersehen im Himmel würde großartig werden.

Zerschlagen und traurig wachten Corinne und Sarah am folgenden Morgen auf. Schweigsam packten sie ihre Koffer. Maggie half ihnen so gut sie konnte beim Packen. Wie sehr wünschte sie, sie hätte die Mädchen auf die Nachmittagsmaschine gebucht, doch damals schien die Mittagsmaschine besser zu sein.

Auf der Fahrt zum Flughafen hörte sie gelegentliches Schniefen vom Rücksitz. Der Blick in den Rückspiegel zeigte ihr, dass Corinne sich über das Gesicht fuhr. Sarah saß auf dem Beifahrersitz und starrte zum Fenster hinaus, als wollte sie ihr Gesicht vor ihrer Mutter verbergen.

»Wir sehen uns doch nicht zum letzten Mal«, erinnerte Maggie sie leise. »Ich habe vor, zu Besuch zu kommen. Und ihr werdet mich doch auch besuchen, nicht?«

Sarahs Kopf fuhr hoch. »Das weißt du doch, oder? Ich meine, in diesem Punkt bin ich nie eine gute Tochter gewesen, aber ich werde dich in deiner Krankheit keinesfalls allein lassen.«

»Ich auch nicht«, sagte Corinne und beugte sich vor. »Und du musst mir alles beibringen, was du über die Fotografie weißt, mir zeigen, wie ich mit der Ausrüstung umgehen muss, alles. Ich habe vor, in etwa einer Woche zu dir zu kommen.«

»Ihr seid mir natürlich jederzeit herzlich willkommen, aber ihr habt euer eigenes Leben und ich möchte euch keinesfalls zur Last werden.«

»Du bist uns keine Last, Mom«, sagte Sarah entrüstet. »Wenn mir diese Woche eines gezeigt hat, dann das, dass die Welt nicht auseinander brechen wird, wenn ich einmal nicht zu Hause bin. Die Kinder kommen gut klar. Jim sorgt großartig für sie. Ich möchte bei dir sein.« Sie schluckte und versuchte, ihrer Stimme einen festen Klang zu geben. »Mom, ich möchte dir deine Medizin geben. Ich möchte dir nachts Wasser ans Bett bringen. Ich möchte dich zum Arzt fahren.«

Maggie hatte sich geschworen, nicht zu weinen, aber jetzt konnte sie diesen Schwur nicht mehr halten.

»Ich möchte, dass es dir gut geht«, sagte Sarah. »Und wenn das nicht sein soll ... nun, dann möchte ich wissen, dass ich mein Bestes getan habe.«

»Liebes, wenn dein Bestes noch besser wird, werde ich zu aufgeblasen vor Stolz sein, um durch diese Perlentore eingehen zu können. Sei einfach du selbst, Sarah. Du machst das gut.« Sie griff hinter sich nach Corinnes Hand. »Und du auch, Liebes.«

Den Rest des Weges zum Flughafen legten sie schweigend zurück. Nachdem sie ihr Gepäck eingecheckt hatten, eilten sie zu Corinnes Gate, da ihr Flugzeug früher startete.

»Sobald du alles geregelt hast, ruf mich an, dann werden wir deinen Besuch vorbereiten«, sagte Maggie. »Und ich helfe dir, in deinem neuen Beruf Fuß zu fassen.«

»Das ist schön, Mom«, flüsterte Corinne. Sie blickte ihre Mutter einen Augenblick an, dann drückte sie sie so fest an sich, als wäre es das letzte Mal.

Sarah trat herzu und umarmte beide. »Ich weiß nicht, ob ich die Kraft habe, dich loszulassen«, wisperte sie.

»Gott wird dir helfen«, tröstete Maggie. »Er wartet nur darauf, gebeten zu werden.«

Mehrere Stunden später kam Corinne in ihrer Wohnung an. Das Licht auf dem Anrufbeantworter blinkte und lenkte ihre Aufmerksamkeit auf all die Anrufe, die sie zu beantworten hatte. Sie stellte ihren Computer an und überprüfte ihre E-mails. Eine Nachricht war von V-Tech, deren Website nicht funktionierte. Sie hatte sich in den vergangenen drei Tagen nicht einmal gemeldet, nicht, seit sie von der Krebserkrankung ihrer Mutter erfahren hatte. Vermutlich war der Firmeninhaber außer sich vor Zorn und das konnte sie ihm nicht einmal übel nehmen.

Müde setzte sie sich hin und wählte die Nummer ihres Klienten. »Corinne Downing. Kann ich bitte mit Mr. Black sprechen?«

Die Sekretärin zögerte. »Äh ... er möchte nicht mit Ihnen sprechen, Corinne.«

Sie schloss die Augen. »Er möchte nicht mit mir sprechen? Warum nicht?«

»Er trug mir auf, Ihnen zu sagen, dass er Ihre Dienste nicht mehr benötigt. Er hat einen anderen Webdesigner engagiert.«

Sie ließ sich auf ihrem Stuhl zurücksinken. Verzweifelt überlegte sie sich Argumente, um ihm dies auszureden. Vielleicht war es einen Versuch wert. Wenn sie sofort hinfahren, persönlich mit ihm sprechen und ihm die Sache mit der Krankheit ihrer Mutter erklären würde. Vielleicht könnte sie ihn dazu bringen zu verstehen, warum sie den Ball hatte fallen lassen, vielleicht würde er es sich noch einmal anders überlegen. Aber noch während sie den Gedanken weiterverfolgte, verwarf sie ihn auch schon wieder ganz schnell. Sie wollte das nicht mehr.

»Nun, dann vielen Dank«, sagte sie zu der Sekretärin. »Es war schön, mit Ihnen zu arbeiten. Bitte richten Sie Mr. Black aus, ich hoffe, dass er mit dem neuen Designer gut zurechtkommt.«

Corinne legte den Hörer auf und ein weiches Lächeln stahl sich auf ihre Lippen. Es war in Ordnung. Wenn sie diesen Kunden eine Woche zuvor verloren hätte, wäre sie in Panik geraten. Aber heute nahm sie das gelassen hin. Es war an der Zeit, einige Bindungen zu durchtrennen. Ihr Leben etwas zu vereinfachen und sich auf das wirklich Wichtige zu konzentrieren. Und das Geschenk ihrer Mutter würde ihr dabei helfen.

Sie rief ihre Freundin an, die für sie in der vergangenen Woche die Hunde ausgeführt hatte.

»Anne Grayter«, meldete sie sich gehetzt.

»Hallo, Anne. Hier spricht Corinne. Nun, wie ist es gelaufen?«

»Corinne, du bist schon zurück?« Sie klang enttäuscht. »Es läuft großartig. Ich habe dir drei neue Kunden verschafft.«

»Drei neue Kunden? Anne, die Kunden, die ich habe, reichen mir voll und ganz.«

»Na ja, vielleicht könnte ich dir helfen«, schlug sie vor. »Die Arbeit gefällt mir. Es macht richtig Spaß.«

Corinnes Augen begannen zu funkeln, während sie einen Augenblick nachdachte. Dann platzte sie heraus: »Und wie wäre es, wenn du das Geschäft übernehmen würdest?«

»Liebend gern. Machst du Witze? Das ist genau das Richtige für mich!«

»Komm doch später vorbei«, schlug Corinne vor. »Dann reden wir darüber.«

»Soll ich die Hunde heute noch mal ausführen?«

»Wenn es dir nichts ausmacht«, erwiderte Corinne. »Im Augenblick habe ich wirklich keine Kraft dazu.«

»Ich bin gegen fünf bei dir«, sagte ihre Freundin.

Corinne legte auf und lachte darüber, wie sie sich so schnell ihrer größten Einnahmequellen entledigt hatte – und der Dinge, die ihr das meiste Kopfzerbrechen bereitet hatten. Was würde sie jetzt tun? Fotografie, dachte sie. Sie würde Fotografin werden wie ihre Mutter. Sie würde ihre Kraft und ihre Zeit in etwas investieren, das ihr mehr Spaß machte, etwas, für das sie Talent hatte, und sie würde aufhören, so viel von sich zu verlangen, dass sie nichts gut machen konnte.

Sie ging online und suchte nach Büchern über Fotografie. Als sie das Feld mit der Kostenübersicht anklickte, musste sie darüber lächeln, wie gut es funktionierte. Warum nur hatte es bei V-Tech nicht auch so gut funktioniert? Sie schüttelte den Kopf und war dankbar dafür, dass dies nicht mehr ihr Problem war.

Sie würde sich jetzt auf ihre Beziehungen konzentrieren, und sie würde damit anfangen, indem sie Sarah besuchte und ihren Mann und ihre Kinder fotografierte.

Jim wartete am Flughafen, als Sarah aus dem Flugzeug stieg, und bevor die Kinder sich auf sie stürzen konnten, zog er sie in die Arme und drückte sie ganz fest an sich. Dankbar überließ sie sich seiner Umarmung.

»Das mit deiner Mom tut mir so Leid«, flüsterte er und küsste ihre Haare. »Es tut mir so Leid, dass du das allein durchmachen musstest.«

»Oh, ich war nicht allein«, flüsterte sie, »kein bisschen.«

Er löste sich von ihr, wischte ihr die Augen, küsste ihre Wange, dann gab er sie frei, damit die Kinder sie begrüßen konnten. Sie warfen die Arme um sie, als wäre sie ein Jahr fort gewesen und nicht nur ein paar Tage.

Sie drückte sie fest an sich und lachte fröhlich, während sie pausenlos erzählten, was sie während ihrer Abwesenheit gemacht hatten. Und obwohl es sich so anhörte, als hätten sie viel Spaß miteinander gehabt, spurte sie doch, dass sie sie vermisst hatten und froh waren, sie wieder zu Hause zu haben.

Zu Hause angekommen, holten sie ihren Koffer aus dem Kofferraum und gingen ins Haus. Ihr Sohn sah sie an. »Hey Mom, was gibt's zum Abendessen?«

Sarah dachte kurz darüber nach, dann stahl sich ein Grinsen auf ihr Gesicht.

»Abendessen?«, wiederholte sie. »Ich denke, wir werden Kuchen essen.«

Jenny riss die Augen auf. »Ausgeschlossen.«

Chase starrte sie mit offenem Mund an und Jim begann zu lachen. »Das ist mein Mädchen«, sagte er.

Nachdem sie die Mädchen am Flughafen abgesetzt hatte, fuhr Maggie zum Ferienhaus zurück. Sie legte sich ins Bett und fiel in einen tiefen Schlaf.

Erst am Abend wachte sie wieder auf. Sie ging hinaus auf die Veranda, suchte sich einen bequemen Stuhl und beobachtete den Sonnenuntergang über dem Meer. Am Horizont entdeckte sie wieder das Segelboot, das langsam durch die aufgepeitschten Wellen fuhr.

Sie fragte sich, ob das wohl die *Morgenstern* war.

Sie beobachtete, wie es immer weiter auf das Meer hinausfuhr, immer kleiner und kleiner wurde, bis sie es nicht länger erkennen konnte. Aber sie wusste, es war noch immer da. Sie legte die Füße auf einen zweiten Stuhl und lehnte den Kopf zurück. Sie könnte eine Woche lang schlafen. Vielleicht sogar einen ganzen Monat. Eine Ewigkeit. Sie war so müde. Aber es war eine gute Müdigkeit, eine Müdigkeit, die in ihrer Seele ruhte.

Die Sonne versank vollends im Wasser und färbte die fedrigen Wolken am Himmel rosa und orange. Sie überlegte, ob sie ihre Kamera holen, es fotografieren und als eines ihrer letzten Fotos verkaufen sollte. Schönheit für Geld.

Aber dies war eine Sache zwischen Gott und ihr. Sie wollte es nicht teilen.

Es war ihr stummer Abschied, ihr fröhliches Hallo ... sein Trost, ihre dankbare Annahme ...

... bevor ihr Boot in einen helleren Himmel segelte.

DIE BEWEGENDE GESCHICHTE VON VIER UNZERTRENNLICHEN FREUNDINNEN

Penelope J. Stokes:

EINE FLASCHENPOST VOLLER TRÄUME

Roman

Adora legte ihre Hand auf die Flasche. Die anderen folgten ihrem Beispiel und ihre Hände berührten sich. „Wir befehlen unsere Träume der Zukunft an“, sagte Letitia leise. „Der Zukunft“, wiederholten die anderen feierlich.

Am 25. Dezember 1929 schreiben die vier Freundinnen Letitia, Mary Love, Eleanor und Adora in ihrem Geheimtreffpunkt auf dem Dachboden ihre Lebensträume auf und stecken die Zettel in eine blaue Flasche, die sie sorgfältig verstecken.

65 Jahre später findet die Journalistin Brenda diese ungewöhnliche „Flaschenpost“ und ist fasziniert. Was ist wohl aus diesen vier Mädchen geworden? Leben sie noch, um ihre Geschichte zu erzählen? Und haben sich die Träume und Wünsche der vier unterschiedlichen Frauen erfüllt? Eine spannende Reise in die Vergangenheit beginnt, bei der Brenda viel über ihre eigenen Träume und Prioritäten lernen wird ...

Gebunden, 400 Seiten, Bestell-Nr. 815 714

EINE SPANNENDE SUCHE NACH DER WAHRHEIT

Penelope J. Stokes:

DAS BERNSTEINFARBENE FOTO

Roman

Egal wie idyllisch das Leben nach außen wirkt, es gibt immer eine düstere Seite, einen verborgenen Ort, ein Geheimnis. Etwas, über das in Familien nicht gesprochen wird.

An ihrem 25. Geburtstag bekommt Diedre McAlister ein Geschenk von ihrer sterbenden Mutter: ein altes Familienfoto. Dazu sagt sie die geheimnisvollen Worte: „Finde dich selbst. Finde deine Wahrheit. Rechne nur nicht damit, dass alles so ist, wie du es erwartest."

Und damit beginnt Diedres Suche – die Suche nach der einzigen Person, die die Wahrheit kennt. Gemeinsam mit ihrer lebenslustigen Freundin Carlene macht sie sich auf, um am anderen Ende der Vereinigten Staaten die unbekannte Seite ihrer Familie zu enthüllen. Die Dinge, die sie dort erfährt, erschüttern Diedres Welt bis in die Grundmauern. Wird sie mit Hilfe ihrer Freunde eine neue Perspektive für ihr Leben finden?

Gebunden, 360 Seiten, Bestell-Nr. 815 757